歌集

余生淡淡

石黒修身

砂子屋書房

歌集　余生淡淡

目次

短歌の部

評論の部

装幀・倉本修

歌集　余生淡淡

短歌の部

「短歌の部」の分類表題の下に、友人香川恒雄氏の「ボタン」の図を借用した。原図は下記の作品集に載る本格的なBotanial Artである。

Botanical Art 香川恒雄 作品集

2012年7月6日　初版発行

編集人：北川 秀昭

発行人：浅井 三郎

発行所：日本園芸協会
〒151-0062 東京都渋谷区元代々木町 14-3

印刷所：錦明印刷株式会社

編集・デザイン・制作：株式会社あるて出版

日常・身辺

身めぐりの人逝くたびに己が身の終《つい》をはかりて心ゆらげり

盂蘭盆に棚経の僧忙しく早やばや辞せり蝉しぐれ背に

この夏も花咲かせたる酔芙蓉枝剪り落し秋深まりぬ

短歌をば語って居りぬ早朝の小さきセミナー恥を忘れて

自《じ》が短歌《うた》を文芸などと口にするその疚しさをひとり恥らう

無意識にスナック菓子を食うようにお笑いテレビ続く夜更は

親しみし従兄《あに》逝きてより十余年おけさ柿届き面影の顕《た》つ

喜寿という吾一世を永らえて妻と過ごせし五十年を祝《ほ》ぐ

喜寿数え金婚の賀も重なりし恩遇の年いまし迎えん

故郷の冬を思えり一夜明け雪を被りしこの街に居て

蟹の脚せせりて食《は》めば故郷の東の涯《はて》のオホーツク思う

一瓢の酒旨ければ残生はまだ捨て難く喜寿を迎えり

娘《こ》が呉れし誕生祝の琥珀濃きモルト余市の「竹鶴」を酌む

「似てるかい」吾が遺伝子を孫たちの見かけ仕草に覗きて愉《たの》し

「坂の上一朶の白き雲」を追う夢は持ちなん若者たちよ

桜散り欅の若葉萌ゆる頃楚楚と咲き初む花水木愛ず

日足伸び薄暮せまれるこの刻を春宵と言うか狭庭に佇ちて

神いますアクロポリスを仰ぎみるアテネは目下争乱の渦

美しき神話の国を襲いたる財政破綻に驚かされぬ

喜寿を言い金婚を称え祝《ほ》ぎたれど残生いくばく計りがたくて

怒れども安穏の希求《のぞみ》先立ちて心の滾り萎えゆくは老いか

攻めはせず受身にあれど留まらず七十七歳まだ迷いあり

「はやぶさ」はＪＡＸＡの子にて七年の旅から還る使命果して

良きことがふたつ続きぬ「はやぶさ」と「サッカー一勝」話題は弾む

茶席

恐らくはこれで終りと書き添えし案内届く先達の茶会

愛蔵の道具揃えてもてなすは道をきわめし茶人の夫妻

躙《にじ》り口「お気を付けて」の声よそにやはりぶつける吾は粗忽か

不馴れなる茶席終れば点心で一盞の酒《ささ》にくつろぎにけり

喧噪の新宿界隈一角に茶会の席は静謐のあわい

闘病の友の便りは確りと状況捉え嘆き種《ぐさ》なし

ポックリを祈願し寺を巡るとは老人たちの余裕か悲哀か

凡凡の日常なれど相寄りて新年を祝ぎ平安に謝す

「孤舟」とう小説読みて描かれし世代を回想《おも》う喜寿過ぎし吾

敦煌ゆ求め帰りし夜光杯葡萄酒酌みて詩篇を誦す

ホームレス歌人の跡追う一冊の本が出されてドラマは終る

酒酌みてカラオケ好む友逝けば夜の巷に行かずなりけり

老いなれば無理はすまじと遣り掛けの歌稿仕舞いて寝酒はじめぬ

愚直なる吾が詠む短歌《うた》に潜ませる何かが欲しい何があるのか

残生を余白と称しその先を糊代《のりしろ》と呼ぶペシミストおり

身の丈に合いし一生《ひとよ》か顧りみて悔いも誇りもほどほどなれば

詠みたきは抒情説くべきはロマンかな吾が短歌《うた》の道果てなく遠し

桜なべ

浅草で馬肉食わんと旧友ら約して集う提灯の下

桜とは馬肉の異称食せしは吉原大門桜なべの老舗《みせ》

「中江」とう桜なべ店創業の明治の風情を濃く留めおり

八十路向く同期の友ら健啖で酒を酌みつつコース平らぐ

馬の肉食す文化は健在で老若男女舗《みせ》に溢れり

天満敦子

六号の台風余波を避けながら「天満」を聴けりＭＭホール

装いは簡にして素独特の清しき風姿十年変らず

今回はピアノとのデュオ「望郷のバラード」はやはり無伴奏が良い

自らは伴侶と称す「ストラデ」を抱きてひたに励みいるらん

追っかけにあらじ「天満」には小さき縁《えにし》のありて楽しも

鎌倉散策

川端の自死のことなど想いつつそよぐ風にも「山の音」聞かむ
瑞泉寺参道辿る道筋に媼の小舗と「平山邸」あり
奥津城は瑞泉寺にあり湘南を奔放に生きし立原正秋
文人の奥津城あまた鎮もれる瑞泉寺詣ず夫々の碑が
鎌倉に若き日のあり吉井勇流離の詩魂いまにし偲ぶ

若き日々瀟湘湖南の「勇師」は青春の抒情いくつか詠めり

チャリティの終りしホール出でしとき七里ヶ浜に夕暮迫る

風薫る鎌倉山の「檑亭」ゆ相模灘越え白き富士見ゆ

鎌倉で詩歌の想を探らんと歌詠むわれは今日またあそぶ

国立モスクワ合唱団（オペラシティ）

大いなる合唱団は荘重に古きロシアの民謡唱う

合唱を聴けば瞼に曽遊の地サンクト　モスクワそしてヴォルガが

民謡のルーツを尋《と》えば素朴なるスラブの民の魂の叫びが

重厚でそして哀調かの唄は果てなき荒野と素朴な抒情

年齢《とし》高き男女集いて若き日を回顧して聴くロシア民謡

旅路でのタリンの街を想い出す大関把瑠都の優勝を見て

ロウソクの本数足らず吾が齢《よわい》蠟の数字でハッピーバースデー

皆既終え一隅光る「生光」は復興の途諭すが如く

世代間格差の開く短歌界先達が嘆く素人の時代

小鳥には前世があると伝承《つたえ》いう窓辺の囀り誰《だ》の転生か

雨の日は終日籠り座蒲団に物書きならぬ居職の如く

「平穏の日々を消光してます」と友の便りに頷きて居り

吾もまた「残照の日々を消光」と無事の便りを友に返せり

出てこない固有名詞に苛立ちて妻と交せり「あれがこれが」と

心臓の不全を識りて治療中八十路を前に残生を顧慮《おも》う

心臓の薬の禁忌に納豆が好物なればいっ時怯む

エンディングノートに記せり「尊厳死」己が残生計れぬままに

ビンテージ「夕張メロン」は騰《たか》けれど町の復興その後を知らず

夏風邪をひきてうつうつ日を過ごす非生産なる吾ここに居て

身のまわり耳とおき人増えておりつい声高になる吾を懼《おそ》れる

耳とおくなりし友との語らいは寄り添うように酒酌むときも

稲妻を曳きて雷雨の去りし後涼気微《かす》かな夜半となりぬ

炎暑去り九月となれば鰯雲ひぐらしの声とみに小さく

大漁か否かは知らず北海の秋刀魚を焼きて旬を味わう

姿良き鮎の香りは急流に生いし苔から来るものと識る

夏休み小旅行せし男孫《まご》らから預かりしもの犬・兜虫《むし》・亀なり

めぐまれて傘寿を祝う幸せを誰に謝せんか来し方思う

不穏なる世情なれども吾なりに楽しくありし逝く年惜しむ

いくつかの大病を経て八十年生きて来たるは望外ならん

吾は傘妻は喜の寿を相共に迎えしことは何の余慶か

予期せざる長生きなるか八十路越え何が変った何も変らぬ

吾八十路越えたることは紛れなし老いの自覚の乏しきままに

子や孫に愛着あれどこの齢になれば思いは淡淡として

駒形のどぜう鍋屋に同期なる酒徒ら集いて八十路を語る

八十路越え先の短い残生を簡素に暮すシンプルライフを

シンプルに暮さんとしてマンションに転居図れり老後後期を

妻の託す衣裳引取る男らは小金を置きてそそくさと去る

古道具《こどうぐ》を引き取る男総髪で勿体ぶって買値を告げる

永年に溜りし不要の品々を捨てる決断「断捨離」と言うか

内外に厳しき世情でありたれど慶きこともありて年は暮れゆく

新しく迎える年は内外に安らぎ満ちる年であれかし

転　居

この齢で何故の転居かシンプルで住み易さ欲しの老いの一念

引越しの作業の人ら逞しく老いの一臂の助けは要らず

狭き間を書斎となして搬ばれる本と誌類に埋もれており

痛む腰庇いながらもキッチンの整理に励む妻甲斐甲斐し

此処こそがついの住処《すまい》かマンションの高き窓から街の灯を見る

邂逅

短歌誌に見し旧友と同名をもしやと思いつつ時を経にけり

同名の歌人と思いし「猪俣」は杳かなる友「重哉」と知れり

彼の友と職場を共にし将来を語りし時から半世紀経つ

彼の友が短歌《うた》を詠むとは知らざりき短歌のとりもつ邂逅奇なり

旧友と久の出会いの楽しみはその面差しに残る個性が

吾はいま傘寿の祝い受けており嬉しくもあり哀《かな》しくもあり

一族に囲まれて被る紫の頭巾羽織で傘寿の宴《うたげ》

杖をつく友また一人《ひとり》増え加齢の想い一入《ひとしお》募る

ＴＰＯ弁えざるか老人の冗長すぎるスピーチを忌む

老いたれば角がとれたと言うべきか余りに唯々たる人を訝る

老齢を誇示するごとき振舞の著《し》るき人らの心情測《はか》る

感性も詩想も最早枯れたのか八十路の吾は今日も短歌《うた》詠む

改札口

改札は現世の結界時として幻想と紛う人の離合が

改札は人の集まる坩堝《るつぼ》かも邂逅もあり別離もありぬ

改札は人世の分岐振り向きて笑《えま》いし人は今に世になく

終電に近き改札手を振りし微醺の友の行方杳たり

人気なき深夜の改札さよならの同学の友逝きていく年

鎌倉の小町通りで足留めて古き書肆にて『小沼丹集』購う

鎌倉の八幡宮にほど近く美術館あり「鏑木清方」愛《め》づ

「金次郎」薪背負いて本を読む「歩きスマホ」と同視は可笑し

春今宵なじみの店で寿司摘まむ「次郎」のそれとは比較はせぬが

晩節と言う言葉を虞れ老いの身は夜の巷を遠ざかりたり

守るべき晩節ありや平凡な来し方なぞる吾のひと世は

老齢の自覚が何より大切と互みに諭す吾ら八十路は

世界一長寿の国になると聞く実感湧かぬ忙《せわ》しない世に

吾が齢漸く平均《なみ》になると言う良くぞ生きたが実感なるに

老人の多き病院待合室吾も加わる一病を得て

逆る時代の波に棹させぬ吾が足許の危うさ怖る

朝ドラが契機となりて更《あらた》めて来歴を知る「歌人白蓮」

「花子とアン」酣になれば観光で盛り上るらんカナダの島は

相当な不漁と聞けど習慣《ならい》にて秋刀魚を焼きて旬を味わう

些かの所縁《ゆかり》もありて庄内の「だだちゃ」を茹でて里人偲ぶ

たまさかに友を誘いて駒形の「どぜう鍋」啜る熱燗傍《そば》に

老友の集いで再会約せども今日の一会が最後となるやも

少年が書店の隅でひたすらに立読みしてる読書週間

「見習い」の札下げし少女懸命に検索しくるる読書週間

根《こん》つめし読書は苦手となりたれど習慣のごと書店さ迷う

日記帳五年もの終え次は如何に迷いし挙句三年もの購う

卒寿なる姉の心を癒すなく傘寿の吾は黙然と座す

人生の終末のこと姉に説き吾が身省みしばし虚しく

謂れなき怒りが湧きて節分の豆撒きをする「鬼は外《そと》」

悍《おぞま》しき少年犯罪目を覆うあまりに身近な普通の子らの

新幹線通れば行かん金沢に鮮《あたら》しき金沢あるやも知れず

彼の人は大正ロマン吾はまた昭和レトロと歌会は懐古に

「カーリング」札幌の乙女ら凜として氷上に競うインターナショナル

札幌のシャンツェで飛べる若きらを遠景で見る幻のごと

塩分の取り過ぎ避けよと医師は宣《い》う酒の肴は総じて辛し

心臓を病みて三年いくつかの禁忌守らず息災に居り

好みしを野放図に食しのち「塩分控え目」呪文のごとく

ゴールデンウィーク終り老い吾は「上野鈴本」で風刺を笑う

王室のロイヤルベビーめでたけれ「猿」の命名ポピュリズムを嘆く

地震《ない》多き国に暮せば頻発の揺れに脅える宿命として

良きニュース乏しき折に「こうのとり」宇宙を飛べる快挙を称う

「こうのとり」無事発進すその機能役割などを識らずとも嬉し

歌会には旧き佳き歌寄せし人長く病に臥せると聞けり

がん進む親しき友のその妻の見舞謝絶の言葉途切れぬ

老い吾が歌を詠むのは先に逝く友人達を悼うためか

吾を越し急ぐ人多しむきになり歩幅広げる吾の現《うつつ》は

簡単につく筈がない風格など思惟《おもい》写して鏡が嗤う

訪れし老人ホームのレクタイムカラオケの声演歌洩れくる

洩れ聞こゆ演歌の曲は裕次郎「北の旅人」とぎれとぎれに

ひとり身の姉を託せし老人ホーム悪しき評価で行き詰まると聞く

逝く姉の葬《ほふ》りの式は家族葬少なき縁者集いて送る

亡き姉の骨を収める奥つ城は富士が望める公苑にあり

その折の噴火騒ぎも収まりて強羅の宿は平静にあり

杖を曳く友ひとり増え応答《こた》えるに「転ばぬ先に」と弁《わきま》えを謂う

その歌は大正ロマンか旧き佳き歌寄せし人病癒えずと

坦々と齢《よわい》重ねて八十三息災に生きるを悦びとせん

春陽《はるひ》さす上野公園そぞろ行き「兵馬俑」観る博物館に

曽遊の西安で観《み》し壮大を整々展示の労を顧慮する

旅をして短歌を詠むには身の捌き重きを覚ゆる老いの昨今

耳遠くなりし友との問答は声高となりあたり憚る

「告別は近親者のみ」友の訃に香も手向けず野辺も送らず

「老生」と自称を記しペンを置くためらいもあり紙面を睨む

迫り来る現実厳し老来の矜恃も美学も虚しくなりぬ

老いたれど友は夫々主張持つ同期の集まり励みとならん

急逝の友を語らう朋友《ともがら》も寡くなりて老いは深まる

リオ五輪夜のＬＩＶＥを観んとして昼夜逆転老人《おい》の所業は

寝苦しき夏夜に耐えてあかときの曙光を待ちて熟寝《うまい》に入る

こと更に暑き夏去りこの国に懸案多き秋とはなりぬ

自らの修業と思い引き受けし同人歌誌の選に苦しむ

たまさかに選委《まかさ》れしその批評達意に遠く悔いが残れり

米

ＴＰＰ生き残り賭け「旨い米」造る農家の逞ましさはや

名にしおう「瑞穂の国」に米を買え食の外交このレトリック

米剰り飽食の世に旨い米選ぶ幸せ何時まで続く

「青天の霹靂」と言う米ありと青森産とて食してみたし

我食す故郷産の「ゆめぴりか」可も不可もなく常食となる

御飯炊くそして戴く習慣は食の文化の柱とぞ思う

この年の鮭は不漁と報じらる放流稚魚の回帰寡く

鮭の卵一《ひと》はら買いて妻造るイクラ漬けにて旬を味わう

遠方の老友の訃に駆けつけず供花ですます老いの身なれば

「良く来たな」杖を曳く友また増えて同期の会はいたわりの会

若き日ゆ続きし会も高齢化そぞろ終りの近づくを想う

社会・時局

「いでずんば乃公」幾人名乗り出て政局とみに混迷増せり

ポピュリズムこの憂うべき風潮は国の行方を過《あや》またんとす

老い母を「ホームに棄てし」と詠みし人その心根《こころね》をはかるもつらし

まがごとの多き芸能界《せかい》に愛らしく一期励みしマドンナは逝く

紫烟をばくゆらすポーズいま何処に嫌煙の世を男らは嘆く

ひたひたと侵しくる波中国の東シナ海ゲオポリティク

スカイツリー

首挙《こうべあ》げて仰ぐ目線は人々のスカイツリーに託す希望か

日本一高くなるのか童心に還りて仰ぐスカイツリーを

下町の古き名所が甦るスカイツリーが見える効果で

下町の復権目指すと商店街スカイツリーに期待を寄せる

中二なる男孫の背われを越えし秋スカイツリーも天を指し伸ぶ

時局

戦争の放棄を宣《の》べしこの国の領土を犯す隣国を怖る

故郷の涯の島々はるかなり北方領土に残る恨みは

外交の機密を世界に暴露する「ウィキリークス」正義か悪か

動乱の余燼くすぶる半島の危うさ思う半世紀経て

金星の軌道に遂に乗らざりし「あかつき」に託す再起の夢を

ノーベル賞（二〇一〇年一〇月）

同郷で同窓なりし鈴木氏のノーベル受賞を悦びており

鈴木氏は年次が近くキャンパスで共に過ごせし幾年かあり

直接の知遇なけれど朋友と関わりありて共に言祝ぐ

キャスターは戸惑いながら図式説く「化学賞」伝うニュース番組

「むかわ」なる地名懐かし鈴木氏の古里産のシシャモを食めり

みちのくの惨（二〇一一年三月）

明媚なるみちのくの地は哀れなり地震《ない》と津波に襲われて惨

いち人の命の重さ計れぬに万余の人の死する災禍が

惨状を目の当りにせし人々はまづ息を呑み次いで涙す

いたいけな幼児《おさなご》たちがリュック背負い「地震来たよ」と「津波来るよ」と

放ち来し牛見付からず気掛りと一時帰宅の老いし牧夫は

節電に異は唱えずも暗き駅階段に喘ぐ老人たちは

救いなき原発のニュース流れいて深夜のテレビ火の酒呷る

無力なる吾が疎まし被災地の苦難のさまを短歌《うた》に詠むとき

文無しになったと嘆く被災者にいくばくの金配る論義が

印象の深きシーンは両陛下礼《いや》厚くして慈悲の面差し

原爆で敗れし国が原発で苦しむというこの皮肉とは

国家とはかくして傷み始めるか自然の脅威と人為の災で

「フクシマ」の影響世界に拡がりて原発論義囂《かしま》しくなる

懇ろな慰霊を早くして欲しい復興の業急ぎ進めて

災害を短歌《うた》に詠むのはもう止める吾の無力が疎ましければ

この国の文化と人を愛しみドナルド・キーンは帰化すると言う

復興を援けたいから日本に帰化すると言うドナルド・キーンは

ムスリムの反米の魁ビンラディン撃たれて果てぬテロリスト哀し

殉教者将《はた》テロリスト　ビンラディン斃れ評価はいずれに帰すか

自からを「どじょう」と称し泥臭く地道に行くと新総理宣す

「ノーサイド」言わねばならぬ対立の宿痾《しゅくあ》を宿す党を危ぶむ

国よりも党のまとめを先んずる新総理牽く政権如何に

政治家は言葉がいのち思慮もなく発する言辞危うからずや

国家とはかくして追いつめられるのか外交にみる露骨な圧力

黒き牛耳の黄タグの番号は個体識別肉となりても

もの言わぬ牛こそあわれ放射線屠《と》されてもなお危ぶまれおり

「陸前」の薪焚かざるは風評か「五山送り火」やるせなきかな

閉塞の著るき世情に大いなる希望与えし「なでしこ」称えん

もうひとつの世界一ありこの夏にスカイツリーは634《むさし》mを決める

関税の障壁払うＴＰＰ功罪ありて国論割れる

「フクシマ」を励ます心温かく小さき国の王は語れり

生産（Ｐ）にまさる幸せ（Ｈ）国是としＧＮＨ高き国を羨《とも》しぶ

国民の心に響く数々の言の葉残し王は離日す

（ブータン国王）

アポリアであってはならぬ原発の需要とリスクの調和は如何に

「チェルノ」も「スリーマイル」も廃炉には二世にわたると識りて怯めり

放射能汚染の瓦礫は究極の行きどころなし灰となるとも

ロンドン五輪

ささやかなナショナリズムか五輪の場一喜一憂この昂《たかぶ》りは

八時間時差のもたらす寝不足を楽しみて居り老いの目こすり

五輪にて敗れた選手の「四年間この日のために」は聞くのも辛い

お家芸潰《つい》える裡に新興の種目が勝ちて目を瞠《みは》りたり

愚かなるナショナリズムか五輪での勝負に絡め示威する隣国

政局と五輪のニュース交《まじ》るなか「津島恵子」の訃報がよぎる

ポピュリズムこの病弊はいつの代もどこの国でも無くならぬもの

反日が「愛国無罪」になると言う彼の国民の無恥を怖れる

隣国の元首が突如「竹島」へ愚かなるかなこのパフォーマンス

改選で弊履の如く廃される党首はあわれ党略のため

「トラフ」とう地震《ない》予測の計数は天の啓示か悪魔の声か

祖国とは

グローバル世界と謂えど祖国とは民族自決を措いて無きもの

父祖伝う山河祖国は聖域ぞ他に侵されるものに非ず

守るべき祖国に目醒むウクライナ・ロシア侵攻理不尽なれば

クリミアの民の祖国は何処なのかロシア従属自決に非ず

「寺山」の詠みし祖国を透けて視る時空世界を異にすれども

寺山修司「マッチ擦る――」

大乱に到らざれども世界中綻び多く弥縫及ばず

解決のつかぬ争乱多くして水夫《かこ》なき地球《ほし》は宇宙を漂う

たとうれば「TPP」で決められぬこと多くして漂流と呼ぶか

「靖国」がかくも波紋を広げるは自国の虐か他国の奸か

韓国の客船遭難悲惨なりメディア報ずる映像見るに

遭難時「キャプテンラスト」は死語ならず世界・時空を超えてでもなお

何をもて正義というかモラルなき集団となれる世界の大国

抑止とは互いに軍備の見せ合うか何時か火を吹く危険を孕む

中東に戦争の火種燻《くすぶ》れり火を付ける国出してはならぬ

大新聞己が誤り他人事《ひとごと》と報ずるを聞く空耳《そらみみ》のごと

六十年講読《よみ》続けたる新聞を倦《う》むこともなく読む吾が居る

『天皇の実録』礼《いや》かく読むべきか昭和治世を生きし身なれば

先の日に逝きし名優高倉健舞台となせし夕張はいま

咄々と味わい深き語り口菅原文太逝く春を待たずに

ひと月に名優二人の訃を聞けり吾と同年昭和を生きし

国民の期待を担い宇宙の児「はやぶさ二号」は六年《むとせ》の旅に

喧噪の師走を巡る選挙カー争点は何大義は何処に

電源のプラグ入れ替え確かめるセットにも似た政権選挙

霏々として雪舞う未明人質の解放なしとの報せ寒々

日を経ずに今日の暁《あかつき》「後藤さん」殺害の報虚しく届く

対処する術なきをもて「イスラム」をアポリアとするは文明の恥

永年の反目を経て米と玖瑪《キューバ》和解の道を探るとの報

曽遊のカリブ海では米船は玖瑪には寄らず島影遠く

反骨のカストロ率いる玖瑪では特異の文化とスポーツ盛ゆ

カストロかはたゲバラかと若者の血を騒がせし謎多き国

カルタゴの遺跡残れるチュニジアにテロが起るはイスラムの業《ごう》

カルタゴやハンニバルやと若きらに史実を語る爺なる吾は

微かなる自虐覚えて革新の議員の言を肯《うなづ》きて聞く

旅客機は西アルプスの山襞に砕けて哀し禍事《まがごと》に逢い

憧れのワールドカップの夢壊《こわ》すＦＩＦＡの汚職信じ難かり

アスリート若きらの台頭頼もしく「錦織」にみる世界レベルの

大国の矜持乏しき中国は大気汚染とチャイナリスクと

中国を巡りし旅は五年前汚染は識らず北京上海

五年前曽遊の国に民族と格差問題如実に観たり

梅原が「北京秋天」描きしは一九四二年空は澄みたり

空覆うスモッグ烟るこの首都に「北京秋天」還らぬ景か

鎌倉に棲むとの噂そのままに原節子逝く昭和は遠く

幻のごとく密《ひそ》かに生きしとう佳人の逝くは現《うつつ》となりぬ

逞しき闘志漲るラグビーにＢＲＡＶＥ　ＢＬＯＳＳＯＭＳのマーク鮮やか

集中かはたお祈りか「五郎丸」そのキックには神秘漂う

地震《ない》多き国に生《あ》れしは宿命と被災のさまを憂いつつ視る

活断層神の描きしこの地脈人智を越えし命運と識る

この国は「ゆりかご」のようだと逃げ出せし異邦人ありと笑うに術《すべ》なし

被災地の惨状報ずる映像に一臂を仮せぬ吾を苛む

元知事の公私混同極まりて晩節穢す引き際までも

「ノーブレスオブリージ」は死語ならず高く掲げよ長《つかさ》の人は

異次元の「マイナス金利」は妙薬かはた劇薬か怯えつつ見る

元素記号１１３は何なるぞ日本が生みし「ニホニウム」の誉れ

難民を排除する国多くありシリアの民の流呡憐れ

西欧を「十字軍」と敵視するＩＳの妄執に恐怖覚ゆる

テロリストその妄執の根底に宗教絡む深刻さ識る

大統領指名投票米国の無責任なるポピュリズム憂う

異様なる言動多き候補者の人気高いは米の病弊

謝罪など求めるものかオバマさん核廃絶の念い一途に

ＥＵの残留決める投票を怯えつつ待つグローバリズム

「ドーピング」方針としてあったのか独裁国家の病弊顕《あら》わ

大いなる台風いくつ列島に豪雨運びて惨禍を残す

リオ五輪の祭り終りて何かしら不安の残る世情となりぬ

ＩＴの生みしゲームに乗せられて老若男女はポケモンを捜す

スマホをば握りポケモン追いかける無我の姿を羨《とも》しと思う

定番の帽子と靴の老夫婦扶け合いつつスーパー巡る

核持てば勝者になると妄信の彼の国原爆の悲惨を知るか

天皇の生前退位の法制化議論は多く御心《みこころ》に副うのか

皇室の内側につきマスコミの興味本位の報道を忌む

隣国の統治乱れて百万のデモが渦巻き安定は何時

トランプ氏そのいち人の言動に振り廻される世界は何故

強《したた》かなスラブの民かプーチン氏北方領土は還ってくるのか

法案の通過が至上か国会の数の横暴懸念は消えず

はらから・朋友

七年余子会社の長勤めたる息《こ》は待命の身となりぬ

待命の後はパリの店長と商社勤務の悲喜は交々《こもごも》

パリなれば復《ま》訪《た》れる日もありぬ逸《は》る《や》心は老いに克てるか

単身でパリへの赴任決めし息《こ》の憂いは妻子と吾ら老親

パリ赴任息《こ》は単身で機に乗りぬはらから残す気掛り背《せ》に《な》

息《こ》を送る成田空港混然と世界各地を往還の人

旬日の帰国休暇をはらからと知友と睦む息《こ》の心根は

パリにて求めし「パン」は万能で調理楽しと自炊の息《こ》には

息《こ》の住めるパリを訪うのは何時にせん老いし夫婦の悩みのひとつ

少年は愛玩のインコ病みたるを悲しむあまり他事手につかず

少年は瀕死のインコ掌《てのひら》にさめざめと泣く吾の孫なり

孫ら連れ動物園《ズーラシア》巡る終点は「オカピー」という珍獣の舎

独り居の姉訪えば老い吾にまず嗽せよ手をば洗えと

パリのテロ早朝不安去りやらず吾息の無事なる確めるまで

単身でパリ勤務の吾息なればテロの懸念去りやらぬ日々

凱旋門セーヌ河畔と曽遊の地テロの脅威に怯えると聞く

束の間の単身帰国もそこそこに息は任地へと戦士の如く

三浦雄一郎

囲む会三浦は宣《の》べり八十歳《はちじゅう》でチョモランマ征す夢は捨てじと

いつまでも夢を持たんとフロンティアスピリット説く同期の友は

かずかずの故障矯めつつ今もなお体鍛えて壮挙目指すと

ひさびさの再会なるに淡淡と懐旧語る畏友は優し

幾星霜互《かたみ》に年を重ねども語れば甦《かえ》る青春の貌

エベレスト最高齢で登頂せし三浦は同期キャンパスの友

目標を持てば齢《とし》はとらないと三浦は説けりアンチエイジングを

年寄は仕事半分と三浦は言う蓋し至言と諾いており

三浦をば讃える賞の選定に迷う政権おかしくもあり

ともかくも偉業遂げたる吾が友に名も無き吾は讃歌《うた》奉る

歌会

妻喪くし悼亡の短歌《うた》詠みつくす永田和宏悲愴なる言

同門の歌会に入りて七年余歌友会場とともに馴染みき

会場は神田神保町夫々に由緒ある館蟠踞せる地区

合評の会が終れば館内の酒房に寄りて歌友《とも》と語らう

会員は多彩な経歴有すれど人格識見備えし紳士ら

姉

夫《つま》は亡く子も無き姉は肺患で急拠入院重篤と言う

入院の姉を見舞えば老い吾に元気で居るか風邪をひくなと

ステロイド治療の故かその意識生死の狭間揺れ動くらし

病室ゆ遠く望める富士山をスマホで撮るの元気は何か

画家として己が作品何処《いづこ》にか想い巡らすよすがもあるらし

巨大なる綜合病院コンビニもコーヒー店も賑わいており

故郷・追想

故郷

故郷は変わりかわれど訪うたびに変らぬものを探して求む

多彩なるか将《はた》混在か札幌は正体うすき街となりしか

抑揚の少し異なる札幌の人々の輪に戻りて楽し

学び舎の広きキャンパス立て込みて緑の樹間狭まりており

新緑のやや深まりし札幌はよさこいソーラン賑わいの渦

いつの間に名物行事と囃されるよさこいソーラン汝《なれ》は何者

観光の目玉となして札幌は市内随所に桟敷組みおり

重《おも》おもの名を冠したる「連」組みて大旆もとに男女が跳ねる

「よさこい」と「ソーラン」の調和いくばくか賑わいの中見たきものなり

その演舞おどろおどろの奇を衒うよさこいソーラン美しいのか

故郷に無音《ぶいん》の友を尋ぬれば既に亡き人惚けし人も

札幌で羆《ひぐま》出でしは吾育ち遊びしあたり「円山、藻岩」

吾が知る六十年《むつとせ》前の雪まつり公園に並ぶ雪像まばら

年を経て盛り来たりし雪まつりいま故郷のメインイベント

雪祭りこの雪像を造りたる匠《たくみ》の人らを知りたしと思う

雪像が春風吹きて融けてゆくこの寂しさは薄命の美学

「家ごとにリラの花咲く札幌の――」吉井勇の詠みし季節に

街中《じゅう》に新緑繁る札幌の爽やかな風リラの花冷え

青春の我が身を打ちし「アンビシャス」いま老いてその像を仰ぐ

若き日のエルムの杜の起き臥しよいま老いて佇《た》つ大樹の下に

伝統は百年を経て歌われる「都ぞ弥生」北の自然を

故郷はどこかと問われ「札幌」と応《いら》うとき吾なぜか昂ぶる

とりたてて良き事のなき故郷はいま「日ハム」の優勝に沸く

ライラック盛りを過ぎし札幌は「よさこいソーラン」賑わいを待つ

観光の目玉となりしこの祭りその喧噪を忌む人もあり

流　氷

流氷の報《しら》せ届けば甦るオホーツクの海凍てつく町が

流氷を求めて滞《お》りしオホーツクの酷寒の町で食みし蟹はも

流氷の博士と呼ばれし学究はオホーツクを越えアムールまでも

流氷と海豹を究めオホーツクに蟠踞せし友去年逝きたり
天皇に進講をせし「クリオネ」は流氷に棲む天使とぞ言う

故青田昌秋氏
元北大名誉教授　道立流氷科学センター所長。
クリオネは「はたかめかい」巻貝の一種で貝殻を持たない。
小さくて、成長しても2〜3センチ。

札幌の今年で最後の「寮歌祭」リラの花季《はなとき》五月の知らせ

故郷はリラの花咲き風薫る五月に来よと友は誘《いざな》う

札幌の南西に続く山並みは吾が眼裏《まなうら》に絵のごとく映る

リラの花散りたる後の札幌はアカシアの花白く咲くらん

寂れゆく小樽の街は閑として運河と倉庫のレトロが残る

レトロ追う観光客の群れの間にロシア語表示が目立つ小樽は

夕張の復興は聞かず名物のメロン初値の高きに驚く

耳にする「北」とう言葉身につきし故郷偲ぶ情念を喚《よ》ぶ

北方を志向するかと揶揄されど郷愁の念衰えはせず

連日の雪の脅威に驚きぬ「天からの手紙」の詩情は遠く

中谷宇吉郎博士「雪は天からの――」

寒冷の帯広の地の「百姓譚」時田則雄の土着を愛す

啄木の旧き短歌《うた》読み流離《さすらい》し彼の地の当時に思い馳せおり

故郷はいま

異常なる高温気象で北海道随所で日中三十度を越せり

日中は高温なれど朝夕は大気爽やかひと息をつく

「日ハム」の拠点となって札幌の人は熱狂応援するという

海の辺の宿から望む残照は寂れゆく街小樽を射せり

その盛り三十万の人口は今半減しレトロが残る

年ごとに訪うてはいても吾の知る故郷は旧く語るに難し

故郷に近き町なり余市では「まっさん」ブームに賑わう予感

余市では「ニッカ」工場いくたびか見学をせしレトロが懐かし

故郷の花

札幌は初夏の花木がリラ、ポプラ、エルム、アカシア妍を競えり

ポプラの棉風《み》に舞い散りしらじらと草生を被う淡雪のごと

アカシアの花小房となりてたわわなり夜の街灯《あかり》に映えてはなやぐ

ライラック咲き残りたる品種あり色夫々に香り芳《かんば》し

キャンパスの木陰に憩いし楡の樹は亭亭として老うることなく

六月となれば故郷札幌で季節を感じ人との邂逅《であい》も

二百万大都市となりし札幌の涯はどこまで見極めつかず

吾れ滞《お》りし間の札幌は小寒《こさむ》にてリラは咲けども華やぎはなし

常宿のホテルロビーは異国人ハングル・チャイナの会話囂《かしま》し

夕張市再建不調と聞きし午後メロンを食し美味を確かむ

ブランドと化しても旨し夕張のメロンを愛でて知友に贈る

故郷を訪ねることもあと幾度ふと過《よぎ》るのは老いの感懐

季節《とき》ならぬ豪雨続きて故郷の北海道を水浸しとす

不馴れなる水害に遭い故郷は対応遅れて被害多発す

自然・景観

風媒の径か芙蓉は吾が街の家ごとの庭に花咲かせおり

夕べには紅色となる酔芙蓉ひと夜の酔いを恥らうごとく

文化の日瑞泉寺詣づ紅葉《もみじ》まだ楚楚と咲く「ふゆざくら」愛でり

鎌倉の瑞泉寺への通い道「平山邸」は主亡く寂し

街中《なか》の花屋の軒で竜胆《りんどう》の紺の淡さに魅せられて購う

曽遊のみちのく「安比《あっぴ》高原」に竜胆自生のさまを想起す

「明月院」梅は散れども紫陽花は芽吹き豊かに花季《とき》を待ちおり

花の季節

チューリップ随所に咲ける季節《とき》となり「キューケンホフ」の盛りを憶う

卯月末訪《と》いし大船フラワー園百花一斉咲きはじめており

山笑う季節となれば老いの身も春を装い旅に出でんか

六月の初旬となれば札幌は新緑盛り初夏の花咲く

札幌の大通公園逍遥す朝ひんやりとリラの花冷え
札幌の幅広き道の公園にリラの香漂う六月となる
「リラ冷えの街」の語感に親しめり吾六月に札幌に在れば
紫紺色りんどう店に並ぶ頃炎暑も去りて秋の気配が
ラベンダー店先に出る時季となり「富良野ファーム」の盛りを憶う
不規則な暑さに耐えて早や寒気錦繍の秋は短かかりけり

霜月とう異称さながら肌寒く故郷は早や霜から雪へ

この街に見事な銀杏並木あり黄金の落葉夕陽に映える

吾の住むこのマンションの高窓ゆ見下ろす銀杏は黄金の吹雪

八幡宮歴史と共に八世紀「段葛《だんかづら》」いま改修の緒につけり

「段葛」改修に沿う植替えで桜は来る春花を咲かすか

八幡宮石段《いしきだ》昇り振り向けば落暉は足下の参道照らす

メディアでの梅の便りに誘われて「三渓園」訪う雨水《うすい》晴れの日

早咲きの梅はまばらの園内に「緑萼梅《りょくがくばい》」が異彩を放つ

「緑萼梅」上海渡来の珍種にて萼の緑が異色と聞けり

限りなく広々とした園内に春の七草ひっそりと生《お》う

満開の桜花吹雪ける隅田川流れ滾々花びら浮かべ

桜人《さくらびと》群れて遊べる川端に空襲の惨留める碑あり

満開の大川端の桜みちスカイツリーが遠景に屹《た》つ

散りかけの桜に降りつむ雪白く寒の戻りは冷え冷えとして

春を待つ三寒四温に老いの身に風邪ひかぬよう花粉に耐えて

卯月入り気象状況荒《すさ》むれば若葉青葉の候も束の間

爽やかな初夏はいずこに異状なる暑さの続く皐月の終り

「楤《たら》の芽」の旬の苦さが恋しくて妻の揚げたる天ぷらを食む

紅葉の季節となれば京洛と琵琶湖に遊びし憶いが回《めぐ》る

晩秋の箱根路行けば山間《やまあい》に紅葉の群れが処処に耀う

さながらに銀狐の群が迫り来る薄の原の風下に佇てば

紅葉も早や黄葉となりて散る銀杏並木は寂寞として

夕陽映え窓下の黄葉赫《かがや》いて今日も終るか晩秋のひと日

箱根路を行けば随所の山間に紅葉の群紅く耀う

宙空を渉る箱から俯瞰する箱根全山紅葉の波
（ロープウエイ）

湯煙の漂う中に幾本《いくもと》の楓の紅が朝陽に映える
（湯宿にて）

街角の店にリンドウ並びたり紫紺の彩《いろど》り秋の深まり

散策の連《つ》れ求めしリンドウに曽遊の「安比《あっぴ》」自生のさまを
（安比高原）

文芸

文楽

国立の小劇場で文楽の深みに触れて心啓《ひら》けり

文楽の三人遣いは人形が生けるが如く演ずる巧み

文楽の浄瑠璃の演巧みなる人形捌きに義経を聞く

浄瑠璃に合わせ演ずる人形は生き生きとして遣い手は見えず

冷泉家

冷泉家の和歌守《わかもり》展では華麗なる王朝和歌の世界に触れり

冷泉家この真摯なる和歌守は「奇跡の御文庫」現代《いま》に伝えり

「乞巧奠《きっこうてん》」典雅なるこの催しに王朝文化の神髄を視《み》き

王朝の和歌読みおれば時代《とき》を経し現代短歌の有りよう思う

歌会始・歌会

今まさに歌会始を見終えたり静かなる昂揚身のうちに満つ

歌会は壮厳の裡《うち》に進みたり古式の披講殿中に響く

詠進は二万首あまりと報ぜらる吾の一首も禁裏に届くと

来る年のお題は「葉」と決まりたり慎みて一首献じたきもの

晩年に短歌《うた》詠み始め二十年市井の歌人でありて楽しき

新奇なる手法もネットも縁のない普通の短歌《うた》詠む歌会楽しむ

見識のさぞ高からん歌友らの詠む短歌《うた》素朴で心安らぐ

吾が短歌《うた》に入れし票数やや増えて心軽やか歌会後にす

合評の会が終れば酒徒集う神田界隈常連の店

愛誦は斎藤史とて詠む短歌《うた》は昭和ロマンの「曾根竣作氏」

源実朝

『金槐集』展《ひら》きし余韻さめぬ間に実朝慕い歌たてまつる

鎌倉の実朝の遺跡《あと》辿りたり『金槐和歌集』読みし後《のち》の日

寿福寺に実朝の墓詣でたり寒梅白く人影はなし

奥津城は実朝・政子と並びおり悲運偲ばる寿福寺の境《にわ》

金槐の和歌集読めば悲運なる将軍夭《わか》き詩魂きらめく

実朝・西行

実朝の悲業の最期秘めしまま大銀杏倒る八世紀経て
実朝の最期を知れる大銀杏そを秘めしまま朽ちて倒れり
桜花盛る季節になれば西行にちなみし歌をしみじみ唱う
西行が歌に願いしその最期釈迦入滅《にゅうめつ》の桜咲く頃
「春死なん」桜の頃は西行の言霊胸に旅に出でたし

芥川賞

創設の精神《こころ》活きるか芥川賞七《しち》十七《しち》年の時空を越えて

これがまあ受賞者なのか田中氏の奇嬌な風姿言動を見る

石原氏選者を辞せり「やってられない」の科白残して

若き日は発表待ちしこの賞に興味薄れて寂しくもあり

今回の芥川賞お笑いの芸人が受く異和感去らず

芥川賞あるべき論など固定せる旧き想いが吾を苛む

ウィーン少年合唱団（二十四年六月）

ウィーンから日本巡業なすと言う少年の合唱《うた》聴くオペラシティで

ソプラノとアルトの調和少年の合唱まさに天使の声か

丈高き十四歳か幼なきは十歳の男児《こ》らのハーモニー清《すが》し

髪黒く「母国は日本」と言う男児《こ》ありその名は「KENSI」出自は如何に

少年ら日本の歌巧みなりカーテンコールに聴衆は沸く

歌舞伎座

歌舞伎座の新装なりて「柿葺落《こけらおとし》」興赴きて馳せ観じたり

歌舞伎座は外観遺し背後には近代ビルを繋ぐ趣向で

歌舞伎座に集うファンは高齢で何か通ずる面持つと視たり

歌舞伎には不明なれども伝統の演目こなす役者に目瞠《ひら》く

今月の演し物《だ》は何《なに》役者は誰と席とる妻に従う吾は

伝統の古典芸能歌舞伎には庶民に根付く喜怒哀楽が

六代目勘九郎なる襲名の口上ひびく演舞場にて

源平の戦《いくさ》に絡む武士《もののふ》の歌はいくつか語り継がれり

「一の谷軍記」ものでは敦盛がそして忠度無常哀切

敦盛と忠度ともに歌われし「青葉の笛」に漂う哀感

一陣の風も幽かに花道を滑るがごとく渡る役者は

望郷のバラード

「お誘い」は自筆で届くリサイタル「天満敦子」の誠意がにじむ

久に見る「天満敦子」は健やかにストラデを弾く風姿素にして

曲の間のトークで語る被災地を「天満敦子」は真情こめて

宵迫る紀尾井ホールの一隅で目瞑《つむ》りて聴く「望郷のバラード」

若山牧水――沼津千本松原

沼津なる「千本松原」逍遥《さまよ》えば老松の梢《うれ》を鳶が飛び交う
松原は若山牧水所縁《ゆかり》ありあまたの歌と文を残せり
松原を称える館で真夜すがら牧水を読み松籟を聴く
館では牧水に因み酒酌めり老いたる吾は微醺なれども
松原に近く「牧水記念館」ありその境涯を写して宜《よろ》し

悼亡

身の内の訃に駆けつけし出雲路の過疎の集落寒々として

「馬路《まじ》」という無人駅から帰り来ぬ葬りの旅は一輛電車で

過疎という呼び名はこれか古き家軒を連ねど人影はなし

中山喬央氏を悼む（同人誌まんじ編集長）

予期せざる体調悪化か「中山さん」忽然と逝く雪積る朝

「玉稿を有難う」褒め上手寛容の編集長《ひと》の笑顔忘れじ

自らの研鑽多忙を顧みず「まんじ」の編集献身を謝す

晩学と称し究めし考古学斯界の評価高かりしと聞く

盃を交せば談論静かにて気配り忘れぬ酒友懐かし

渡辺淳一氏逝く

同郷で年代同じ渡辺氏知る人幾人《いくたり》吾が知友なり

初期の作「阿寒に果つ」のヒロインのモデル知る女性《ひと》の話を聞けり

流行りたる小説舞台の幾つかは吾が故郷の知られたる地

「リラ冷えの街」の語感に親しめり吾六月に札幌訪えば

メディア言う氏の身辺に虚実あり知る人ぞ知るその一生か

彼をして「いま谷崎」と称するはそんなものかと妙に納得

詞書に代えて

故渡辺淳一氏とは同郷同年であり時代を共に生きた人の死はやはり寂しい。氏は筆者と同じ大学に同期入学したが教養学部理類2年を終え札幌医大に転校した。

筆者は面識がないが、氏と関わりのあった人に幾人かの知友があり氏の話題を聞く機会があった。学生時代、そして作家になってから関わった人もある。氏の人生、作品の一部しか知らない筆者が氏を短歌に詠むのは聊かためらいもあったが、既成の作家や評論家とは別に、市井のコンテンポラリーの一人としての追悼と理解したい、合掌。

戦中と現代《いま》を描きて骨太に阿川弘之氏逝く広島忌控え

愛読しその想念を畏敬せし作家の訃を聞く原爆忌の朝

リベラルで反骨の文士《ひと》「野坂さん」ひっそりと逝く無頼のままに

追悼・曾根竣作氏（まんじ同人）

最期まで文芸と短歌に親しみし知徳の人は天寿を遂げり

大正の時代を引き寄せ昭和をば詠みし歌人はロマンの使徒か

統治良き台湾に生《あ》れ名門に育ちし人は品格高し

格調の高き歌詠むその歌人性豪にして心優しき

不肖なる吾をさながら弟《てい》のごと慈しみ呉れし恩顧忘れじ

湘南は鵠沼に居し海を愛で江ノ島を詠み富士を謳えり

中学の同級生で親しみし呉建堂は『台湾万葉集』の編者なり

台北の帝大予科の想い出を「椰子の葉茂る」寮歌に籠めて

スポーツは太極拳と乗馬やラグビー好みし言葉はノーサイド

故郷をこよなく愛でて歌詠みし歌人の魂《たま》は台湾に遊ぶ

軍籍にありても反戦唱えしとうリベラルな「殿下」百歳で薨ず（三笠宮）
戦後には歴史の学を極められ「古代オリエント」世に顕わなり

旅行（国内）

さながらに姉妹の島ぞ北端に手を携える利尻・礼文は

晴れた日はサハリン見ゆる最北のストコン岬は風が鳴り鳴る

サロベツの湿原に咲く原生の草花たちの勁さを愛でん

久びさに訪ねし佐渡の街並みは過疎を写して寂び返りおり

この頃は朱鷺の話題で賑わえど過疎に悩める父祖の地佐渡は

富良野では「風のガーデン」巡りたり倉本ドラマの余情がそよぐ

ラベンダー観る人びとを「花びと」と称えて招くファームのあり

童心に帰り乗りたる「カシオペア」札幌―上野は睡夢のうちに

故郷はかくも変れり愛郷の古い話はほどほどにせな

京都の桜

閉塞の日々から遁れ地震《ない》ゆるく桜盛りの京都を訪えり

咲き盛る桜を追いて洛東の名所スポットひと日巡れり

満開の桜慕いて平安宮・南禅寺経て哲学の道

先哲が思索なせるか疏水沿い花弁《はなびら》浴びてそぞろ歩きぬ

京都御所禁裏の庭に桜咲き御殿の階に花弁舞えり

紫宸殿右近の橘対なして左近の桜端然と咲く

「円山」の花見の宴《うたげ》見おろして枝垂れ桜が超然と樹《た》つ

花どきは「まだ続きます」都人《みやこびと》声を耳にし京都を去れり

出羽三山

神無月卯歳御縁に詣でたる出羽三山は秋色迫る
庄内は懐深く三山を抱きて古き歴史を守る

芭蕉巡り茂吉崇ぜし出羽三山祖霊の峯は鎮もりてあり

祭神は月読命《つくよみのみこと》「月山」は祖霊まします慈悲の山とぞ

月山の八合目にて留まれり霧と風雨で頂も見えず

「森敦」山を敬い怖れたり『月山』を著し霊験を説く
月山は「すべての吹きの寄するところ」と森は言う存念はなに

「死者の行くあの世の山」か月山は月に還りし森敦偲ぶ

先導の山伏の吹く法螺の音が殷殷として羽黒の森へ

「湯殿山」裸足で熱き湯を渉り他言無用の誡《いましめ》を識る

「出羽三山」補遺——三人の文人

二十三年十月山形県の出羽三山（月山・羽黒山・湯殿山）を巡る小旅行をした。天候に恵まれず、特に月山は八合目で留まらざるを得なかったが、羽黒山、湯殿山は通常のコースを歩くことが出来た。

筆者の予てからの願望であった三山に係る詩歌と小説の舞台を目のあたりにすることが出来、僅か二日の行脚ではこの程度のものかと、それなりに満足している。

以下に三山に係る作品を残した三人の文人につき、思いつくままに簡記する。

一、松尾芭蕉

芭蕉は、『おくの細道』の中で、「総じてこの山中の微細行者（身分の低い）の法式として他言することを禁ず。よって筆をとどめてしるさず」とある。

句碑に

・語られぬ湯殿をぬらす袂かな

他に羽黒山を詠む一句

・涼しさやほの三明の羽黒山

二、斎藤茂吉

茂吉は、自らの郷里の風習に従い、少年期に三山に参り、昭和三年四十七歳のときに再び三山に参拝し次のような歌を詠んだ。

・わが父も母もなかりし頃よりぞ湯殿《ゆどの》のやまに湯は　わきたまふ

湯殿山の大鳥居の傍らに高さ三メートルを超す歌碑がある。他に三首を挙げる。

・いつしかも月の光はさし居りてこの谷間《たにま》よりたつ雲もなし
・羽黒道《はぐろみち》まうでて来ればくれなゐの杉《すぎ》のあぶら落つ石のたたみに
・みちのくの出羽《いでは》のくにに三山《みつやま》はふるさとの山恋《こひ》しくもあるか

三、森敦（一九一二〜一九八九）

昭和四十八年、六十一歳で芥川賞受賞した作家で、受賞作品が「月山」である。

「すべての吹きの寄するところこれ月山なり」をネガティブなモチーフとし

て、「死者の行くあの世の山」と月山を呼びこの小説は書かれている。月山を霊験な修験者の山として描き、素朴で土俗的な雰囲気の中で、このモチーフを貫き物語を展開している。

森が長期にわたり滞在し、この小説の題材を得た「注連寺」には、「すべての吹きの……」の文学碑が残されている。

桜・城崎温泉他（二〇一二年五月）

大阪は造幣局の通り抜け多種の桜が妍を競えり

暮れなずむ造幣局の桜みちぼんぼりの灯に花びら映える

大阪を離れ特急「こうのとり」城崎はいま桜爛漫

城崎は「西村屋」にて足を留め桜吹雪の川べり歩む

いにしえゆ但馬の湯とて城崎は文人墨客幽栖の郷

その時期に「直哉」が逗留《とま》りし「三木屋」なる古き湯宿の風情ゆかしく

浴客が外湯《そとゆ》を巡るしきたりが今も残れる城崎温泉

何となく寂れゆく気配この温泉町《まち》を愛づると宿のアンケートに書く

内外《うちそと》に海を分ちて松並木青青と続く「天橋立」

三景のひとつとされるこの砂嘴は神の造りし天《あま》かける橋

長月となれば曽遊の八尾にて追いしひと群「風の盆」憶う

「風の盆」その幽玄の舞の群闇に消えゆく幻のごと

菅笠《すげがさ》に顔は見ずとも夫々が男女《おとこおんな》の役割を舞う

旅行（海外）

中国東北・北京紀行詠

二〇〇九年五月、かねてからの念願であった中国東北から北京に至る旅行をした。

有志の学友数人を中心として、知遇を得た旅行社の会長K氏に頼み、マイナーなツアーを組んで貰った。

案内人には、中国承徳の生れで、長春大学の日本語科を出て、妻と共に日本に帰化したG氏を付けて呉れた。

G氏は、日本人より日本人らしい人柄で、楽しく有意義な旅を先導して呉れた。

以下はその際の紀行詠二十五首である。

旧き名の「満州地方」は日本と白系ロシアの痕跡著《し》るく

アカシアの大連を恋い訪ね来て日本人街跡を往き来す
「清岡」の住まいし街はこのあたり崩れし洋館《やかた》淋しく残る
作家清岡卓行
大連の正仁街にはアカシアの並木残りて往時偲ばる
空澄みて薫風通う旅順では柳絮かすかに舞い散るを見き
二百三高地に佇《た》てばそのかみの激戦の様彷彿として
「爾霊山」と称し戦死者の慰霊を詠みし将軍偲ぶ

「水師営」この陋屋で両将がまみえたりしか往事瞼に

「北帰行」謳いて青春彷徨いし「宇田博」偲ぶ旅順・瀋陽

「偽《にせ》」の付く満州国の皇宮で廃帝「溥儀」の怨念察す

満州国その建国と滅亡の虚実を知れり今更にして

「勿忘国恥」と侵略を受けし史跡に記す中国

「六月の雪」と呼ぶとうポプラの棉《み》風に舞い散る長春の街路《みち》

ハルビンの夕陽は川面赤く染め「スンガリー」の涯《はて》に沈めり

スンガリーは眼下《まなした》にあり滾滾の流れ幾筋広がりて居り

端午節スンガリー河畔の公園を行き交う人らひきも切らず

ハルビンの「キタイスカヤ」を往き来せり白系ロシアが色濃く残る

河北より望む「燕山」尾根を這う幻の如き長城を見き

「承徳」の避暑山荘は「清帝」の威光を示し壮麗なりき

「紫禁城」この壮大な宮殿に明、清帝の隆盛を識る

「八達嶺」その眺望を吾がものに老軀鞭打ち喘ぎつつ登る

五輪後の北京都心は済済と近代都市の様相著《し》るく

その当時紅衛兵たりしとうガイドは日本語巧みなりき

惨劇の記憶は既に薄れしか二十年経て「天安門」仰ぐ

人権も言論自由も未だしの思い残れり帰国してなお

北米東部

北米はいま黄葉の盛りにて東部の街は黄金色に映ゆ

首都Ｄ・Ｃホワイトハウスにペンタゴン世界平和の鍵を秘するか

日米の絡み微妙な国交に不安持ちつつ白亜館望む

世界をば震撼させしテロ跡地グラウンドゼロに瞑しつつ立つ

叫喚の悲劇の跡は今ははやクレーン昇りて槌音響く

ハーレムは異形の街ぞ黒人の聖地なるかなゴスペル響く

ニューヨーク洋食に飽き街に出てささやかな膳酒と刺身の

無名なる戦士を祀るアーリントン靖国を偲び思い複雑

多人種の坩堝の如きこの国の愛国心のルーツ知りたし

疲弊せる大国はいま喘ぎつつ復活の途を歩むと識れり

地　中　海（二〇一〇年二月）

コート・ダジュール

憧れしコート・ダジュール紺碧の美しき海岸果てなく続く

ひとたびは訪ねたらんと憧れしモナコの地を踏み心昂ぶる

モナコでの日の出を見たり光芒はコバルトブルーに海を照せり

グランプリF1《ワン》走るヘアピンのカーブはホテルの真下にありき

美しきグレイスケリーの王妃たりしモニュメントいくつモナコで見たり

欲望と失望渦巻くカジノでは熱気の裡に虚無が漂う

本マグロ捕獲禁止は否決とのニュースを聞けりモナコの宿で

モナコでの名物と謂う王室の御用達なるチョコレート買う

大公のおわす宮殿壮麗で衛兵交代儀式恭し

F1《ワン》とカジノに頼り安泰なこの公国を羨《とも》しと思う

グランプリF1《ワン》レースの決勝で曽遊のモナコは興奮の坩堝

ホテルから眼下のヘアピンカーブをば凌ぎて競うレーサーたちは

華麗なるモンテカルロを駆け巡る七十八周可責のレースは

苛酷なるレースを制し五位となる「小林可夢偉《カムイ》」の健闘を称う

追憶のモナコを駆けるF1《ワン》を深夜のテレビ昂ぶりて視る

ニースではシャガールの美術館見き〝聖書の世界〟に吾は惑えり

ルノアール晩年過ごせし館《やかた》ではその安穏な生活《たつき》偲ばる

ヴァンスではマチス造れるロザリオの教会《チャーチ》に懸かる壁画に魅入る

リビエラ海岸

そのかみは小さき漁村の「ポルトフィーノ」いま景勝でリゾート栄ゆ

巡りたるリビエラ海岸美しき小さき邑は珠玉の如し

ヴェネツィア

海洋の都市国家たる盛衰を語る史跡をヴェネツィアで見き
交易と海賊の名残いまいずこヴェネツィアの海は穏やかに凪ぐ
サラセンとアドリア海で戦いてこの国守りし海の民はも
海面に浮ぶが如きこの都市は陸なく樹なく運河が巡る
海中に木材埋める工法でこの都市造りし巧みを称えん

「ダニエリ」とう由緒あるらしホテルにてサンマルコ広場に繁く通えり

「サンマルコ」カフェテラスで楽を聴く「旅情」のシーンが彷彿として

ゴンドラは狭き運河を揺られ行き舳先で楽士カンツォーネ唄う

ヴェネツィアに美しき島あまたありそれぞれ旧き歴史をもてり

ヴェネツィアの沖遥かなる「ブラノ島」伝統《つたえ》の刺繍いま人気なり

絲綢之路游中国《シルクロードの旅》（二〇一〇年九月）

二〇一〇年九月、予てから憧れていたシルクロード の旅をする機会に恵まれた。

友人ら四人と案内に帰化中国人を伴った個人旅行のようなものであったが、要所には現地ガイドが付き、比較的自由に動くことが出来た。十日余の日程での行動は広く浅くならざるを得なかったのは否めない。

取りこぼしは多くあったと思うが、自身の興味と好みの赴くままに見聞した事柄を詠んだ。旅行詠につきものの平板な描写が多くなったが、動きのある情意を盛り込む努力をしたつもりである。以下十九首

憧れのシルクロードを巡らんといま起点たる西安に着く

夢幻《まぼろし》の軍団埋まる「兵馬俑」秦始皇帝の威光偲ばる

始皇陵守り続ける兵馬ありその壮大なロマンに感動

悠久の歴史遷《うつ》りし敦煌《トンコウ》はオアシスの都市ゴビ灘《たん》の中

敦煌のもの識る人らおしなべて「井上」を敬し「平山」を慕う

井上靖小説と映画「敦煌」の作者
平山郁夫中国との文化交流でこの地域に多大の貢献をした

ゴビ灘《たん》を駱駝で渉りしひと時は隊商《キャラバン》を気取り往時を偲ぶ

この老人《おい》も乗るのかという顔付きで敦煌の駱駝暫く起《た》たず

駱駝に乗り暫し歩めり「鳴砂山」夕陽傾き「月の砂漠」が

「陽関」に佇み心昂ぶりて独り吟ぜり王維送別の詩
唐の王維「送元二使安西」

敦煌で買い求めたる夜光杯「葡萄の美酒」の詩篇を憶う
唐の王翰「涼州詞」

此処こそが万里の長城西の果て「漢長城」に狼煙の痕跡《あと》が

敦煌ゆ西に向かえる夜汽車では「吐魯番《トルファン》」を想い「烏魯木斉《ウルムチ》」を恋うる

吐魯番のウイグル人は顔付きが吾らに消てり親しみ覚ゆ

ウイグルの人ら日本語巧みなり文法似てり表現易しと

「美しい牧場」の意とう烏魯木斉は今近代化し新疆省都なり

烏魯木斉の夜の屋台で煙嗅ぐ男らの焼く「焼羊肉《シシカバブー》」

カザフスの一家仲良くパオに住む生活《たつき》問いつつ馬乳酒飲めり

西域は少数民族あまた住み夫々文化伝統守る

帰国途次暫時寄りたる上海は多人種群れて万博の盛り

評論の部

私の姉、永井寿美子は、女流画家として美術年鑑に載っており、外部会場での展示も行い、海外にも出展し多くの賞詞と杯を受けております。

淡い風景画が多く、その中から、第47回元陽展（平成28年秋）から二点、フランスの著名なワインのボトルラベルから二点を選んで、評論の部の余白を飾ることに致しました。

大連そして旅順

―清岡卓行と宇田博―

(一) はじめに

二〇〇九年 五月、筆者は中国東北を旅行した。旅程も希望通り、スタートは大連・旅順となったが、この地域には、長年にわたり一度は訪ねて見たい願望を抱いていた。従って、この小文のモチーフは二つある。その一つは、作家清岡卓行が、昭和四十三年に第六十二回芥川賞を受けた、「アカシアの大連」を当時読んだ印象が、今なお薄れることなく、心の片隅に留っていたことである。

もう一つの宇田博は、その原作になる旅順高校の寮歌「北帰行」が、筆者の青春へのノスタルジーとして、今もって残り火のように心から消えていなかったことである。

清岡と宇田、両者を象徴化する「アカシアの大連」と「北帰行」、その所縁の地として大連と旅順、更に足を伸ばして、瀋陽、長春、ハルビンを訪れ、夫々のルーツとなった地域を往き来した感懐を綴つた。

多少の文献、記録に頼り乍ら、知り得た限りの余聞、異聞を交えて記したものである。

(二) 清岡卓行(一九二二―二〇〇六年)

清岡は、両親のもと(父は満鉄の技師であった)大連に生れ、大連一中を出て旅順高校に入ったが中退し、後に一高を経て東大仏文に進むが、その間に大連に帰省中に終戦となる。

清岡の大連での生活は、出生から進学のための上京までと、終戦から本土に引き揚げるまでの間であった。

その間に最初の妻沢田眞知と出会い結婚し、共に引揚船高砂丸で帰国している。

後年妻との死別が、それまで詩作が主であった彼を小説に向わせた。第一作が「朝の悲しみ」、第二作がこの「アカシアの大連」であった。

これは、大連での生活を写した、彼の自伝的回顧小説である。

清岡は、この小説の書出しで『かつての日本の植民地の中で、おそらく最も美しい都会であったかも知れない大連を、もう一度見たいかと尋ねられたら、彼は長い間ためらったあとで、首を静かに振るだろう。見たくないのではない。見ることが不安なのである。

もし、もう一度あの懐かしい通りの中に立ったら、おろおろして歩くことさえ出来なくなるのではないかと密かに自分を怖れるのだ』と記している。

また、一九九二年二月に日経新聞に連載した、「私の履歴書」の中で次の様に書いている。『私の生れた家は、大広場からほゞ西南へ二キロあまりの伏見台にあった満鉄の社宅で、満鉄中央試験所の近くであった。ただし、その家の記憶は私にはまったくない。というのは、生後半年ほどで、一家が大広場からほゞ東南へ約一・七キロとなる南山麓に新築した住宅に引越したからだ。

私にとっては、この家のすべてが懐かしい。二階建の赤練瓦づくりの家で、緑色の屋根、白く塗られた壁と煙突、赤練瓦のままの塀、池のある庭、石炭の倉庫、家の前の歩道のアカシアの並木、そして家屋内は、床と畳とリノリュームの二種類となっている合計八つの部屋・・・・』

こゝで彼は南山麓一帯の少年時代には意識しなかった美しさに驚いたと述べている。

南山麓は、北斜面にあり乍ら、満鉄本社に近かったことから高級住宅が次々に建てられ、一九二〇年代には、大連で一番の高級住宅街となった、と史料にある。この南山麓の住宅街は、今でも僅かに残っている。

あまりにも古くなり荒廃したため、大半が取り壊されたが、高級住宅街の名残りは、ところどころにあると言う。

筆者は、この辺りで下車し、しばし散索したが、清岡の言う住宅街と同じものとの認識は持てなかった。然し、その雰囲気を彷彿とさせ、白い花をたわわに着けた、アカシアの樹が想像以上に大きく繁っているのを随所に見ることが出来た。

ついで、清岡と同時代の作家らが、彼の「大連作品」につき次の様な感想を残している。

安岡章太郎――『元来植民地は醜いものになりがちだ、しかしそのなかで未経験な日本人技師たちが、営々と美しい町として造り上げるのに成功したのが大連であったとすれば、その奇蹟のような都市、ロシアの残した設計図をもとに、初めて広大な更地の上に近代都市の建設にとりかゝった日本の建築家や土木技師・・・・』

遠藤周作――清岡と同年代の遠藤は、やはり大連で幼少期を過している。文化大革命の嵐がやっと終った頃、彼は大連を再訪した。

大連は、彼の幼年、少年時代とほとんど変っていなかった。彼の一家が住んでいた小さな家でさえ四・五組の中国人家族が同居していた……。

木崎さと子―大連を詩人のサインの入った街と表現し、『清岡氏の、芸術家のみに許される贅沢な所有にかゝる街…』

以上が、大連を訪れた際に清岡作品のルーツを見聞した感懐である。

(三) 宇田博(一九二二―一九九五年)

旅順では、旧制旅順高校の寮歌(愛唱歌)として伝承されてきた「北帰行」の作者宇田博の、旧満州における足跡を辿ってみたかった。

旅順は今大連市の一部で(正式には旅順口区)、大連中央部から車で一時間位で着く。

旅順高校の建物は、現在海軍施設となっており、撮影が禁じられているため、車窓から瞥見するのみで、その面影は偲ぶべくもなかった。

宇田は、東京で生れたが、父親が奉天の農業大学の学長と建国大学の教授を兼務していた関係で、奉天一中に入った。

同校から旧制一高の受験に失敗し、建国大学予科に入学したが、半年で退学となり、昭和一五年開学したばかりの旅順高校に入り、後述の事情でこれも一年余りで退学となり、奉天の親許に帰る。この間に「北帰行」の生れたルーツがある。

宇田は、その後再び日本に戻り、一高、東大を経て東京放送(TBS)に入り、常務や監査役を歴任している。著書に「大連旅順はいま」、「落陽の市街図―青春への北帰行」が残されている。

宇田は、旅順高校に入学し一年余りで退学処分を受けている。同校には、宇田が期待した自由な校風はなく、軍国主義的校則と教育に徹していた。彼はこれに反発し、自由奔放な学生生活を送り、現地の女学校を出た一つ年上の洋品店の娘「深川定子」との交際を理由に校則違反で退学処分となった。

宇田は、もともと文芸的才能に富み、旅順高校の第一回寮歌「薫風通う春五月」を作っているが、退学し奉天の親許に帰る感懐を詠んだのが「北帰行」である。

宇田との別離を惜んだ学友たちがこの歌の合唱で旅順を去る彼を送ったという。

彼が別れに際し同級の友人小牧勇蔵(旅順高校卆業後京大工学部卆、小牧建設社長)に送った本「若きゲーテ研究、木村謹治著」の表紙裏に小牧がこの詞を書き記し、それを長く保管していた。これが後日「北帰行」の著作権を証明する有力な決め手となったと聞く。

周知のとおり「北帰行」は寮歌だけのものではなかった。昭和三十六年歌手小林旭により、歌謡曲としてヒットした。

この歌は、戦後、歌声喫茶で作者不詳として流行したものを、日本コロンビアのプロデューサと小林旭により見い出され、レコード化したものと思われる。

事実、筆者も昭和三十年前後の学生時代に、作者不詳の名歌として、不正確な詞、曲のまゝ愛唱していた体験がある。

レコードの大ヒットにより、作者探しが行われ、当時TBSの社員だった宇田が名乗り出て、先述した学友小牧勇蔵の持っていた本の表紙裏に書かれた詞で作者が確定したという。歌詞、曲ともに著作権は消滅しておらずJASRAC管理楽曲である。

小林旭のバージョンは原作とは相当違う部分があるが、宇田はこの歌を晩年に至るまでいたく気に入っていたという記述を見たことがある。

宇田の回顧録の中に、興味をひかれる後日譚がある。彼が旅順高校を退学処分となった原因とされる女性、深川定子は、夫と別れて日本に移り、滋賀県八日市に娘と生活しているのを彼が訪ね、往時の懐旧談をしたという。

定子は、裕福とは見えない生活振りで、宇田の現在についてはひと言も聞かず、可成り現実的な対応だったという。

この中で、彼女は宇田との仲を学校に告げたのは彼女の母であったことを話している。

宇田は、自分が彼女のボーイフレンドどころか、あほうなピエロだったと自覚したと述懐している。

筆者は、青春期の宇田を文芸的才気に富んだ多感で神経質な青白き学生をイメージしていたが、彼の回顧録等を読むと、学生時代の奔放な行動や女性との接触にも現実的なものがあり、彼は才気ある骨太の青年ではなかったかと推察している。

また、清岡卓行につき、宇田は「私たちは同じ旅順高校の一回生である。その頃からすぐれた本物の詩人だった彼は、一学期だけ在学し、夏休みに大連の自分の家に帰ったきりあっさり退学してしまった。学校に愛想をつかしたのだろう」と回想の文中に記している。

(四) おわりに

この小文は、清岡と宇田の作家論でも作品評でもない。冒頭に記したように筆者の青春時代から壮年期に接した二人の作品等のルーツとなったであろう地域を旅したことを奇貨とし、作品と旅の印象を照応しつつ、自分なりのスタイルで綴つた雑文である。

従って、捉え方が皮相的、独断的であることは否めない。また事実と相違したり、矛盾する記述があるやも知れず、その点忸怩たるものがある。こゝにエキスキューズを添えて本稿を終りたい。

文中敬称略

参考とした書物等
○清岡卓行・大連小説上下　日本文芸社
○随想集　偶然のめぐみ　清岡卓行　日本経済新聞出版社
○大連旅順はいま　宇田博　六法出版社
○落陽の市街図　宇田博　六法出版社
○旧制高校物語　秦郁彦　文春新書
○その他インターネット情報等

（二〇〇九年八月）

王朝和歌集とその周辺

—冷泉家を中心として—

(一) はじめに

二〇〇九年十一月末、晩秋の上野公園の東京都美術館で、「冷泉《れいぜい》家・王朝の和歌守《うたもり》展」を見学した。「冷泉家時雨亭叢書」完結記念と朝日新聞創刊百三十周年記念と銘打った一大イベントで、その充実振りが話題を賑わしている。

筆者にとってその内容の理解度は甚だ心もとないものであるが、展示された文物を見て、かねてから関心があり、また疑問に思っていた事などで、初めて知り得た、乃至は解明されたことを中心にテーマを選び述べてみたい。

テーマの選択が恣意的であることと、解説、所見が皮相的で未熟である点は忸怩たるものがあることを付言して各論に入りたい。

(二) 勅撰集

広辞苑には「勅命または院宣を奉じて編算した歌集」とある。

その時々の皇室の最高権力者、天皇や上皇（院）の命により作られる和歌集が、勅撰の名のもとに編まれた最初は、醍醐天皇の時代の「古今和歌集」である。古今集に続き「後撰集」「拾遺集」が編まれた。まとめて三代集と呼ばれる。

院政の始まる十一世紀後半から「後拾遺集」「金葉集」「詞花集」「千載集」「新古今集」が続いて編まれ、三代集と合わせて八代集と呼ばれている。

後述する冷泉家の記述と重なるが、「千載集」を藤原俊成が、「新勅撰集」を子息の定家が、「続後撰集」を孫の為家が、夫々単独で編んだことにより、御子左家《みこひだりけ》（註）の家系が勅撰集撰者の地位を独占したことになる。

そして、勅撰和歌集を保存（書写を含む）し後代に伝えることが、歌道家の仕事であった。

因みに、最初の勅撰集である古今和歌集の成立過程につき述べよう。

「万葉集」以後、言い換えれば平安遷都以後、長い間漢詩文の隆盛時代が続き、和歌は朝廷の場に出なくなっていた。その後平安時代に近づき、ようやく復興の気運が向いて来て、歌合せ等の催しも盛んになり、遂には醍醐天皇の時に勅撰和歌集の第一号として、「古今和歌集」撰集の勅命が出た。

ときに延喜五年（九〇五）四月十八日で、受けたのは紀友則《きのとものり》、紀貫之《きのつらゆき》、凡河内躬恒《おおしこうちのみつね》、壬生忠岑《みぶのただみね》の四人であったが、友則は撰集中に死亡したので、その後は貫之が代表して仕事を進めたと伝えられる。

（註）藤原俊成、定家によって確立した和歌師範の家筋、定家の孫にあたるのが、冷泉家を創設した為相《ためすけ》である

（三）冷泉家の系譜と役割

冷泉家は、藤原氏の一派であり、藤原為相《ためすけ》（一二六三～一三二八）が創設した。藤原家の繁栄に伴い多くの分家が生れたので、区別の便宜上、道路名などを呼称して区別したと伝えられている。

当家の正門が冷泉小路に面していたことから「冷泉殿」と呼ばれ、ついには家名となった。

冷泉家の家祖は、藤原道長の四男とも六男とも言われる長家《ながいえ》（一〇〇五～六四）である。

長家は「本朝歌仙正統大祖」つまり歌人のおおもとと称されている。

長家の流れである「御子左家」（前記）は、子の忠家《ただいえ》、孫の俊忠《としただ》と歌人が輩出し、曽孫の俊成、その子定家と孫の為家も続けて撰者になった。為家の子為相が冷泉家を創設した。

このような流れの上に和歌の家としての冷泉家がある。

（四）時雨亭文庫と時雨亭叢書

時雨亭文庫とは、冷泉家の典籍、文書類を伝存する文庫で、その名称は藤原定家が嵯峨野に営んだ山荘に因んだものである。

冷泉家邸内にある土蔵「御文庫」は、京都を焼き尽した天明の大火（一七八八）をはじめとする災禍から免れ、歴代が八百年の歴史の中で収集してきた古典籍を現代に伝え、「奇跡の御文庫」と呼ばれている。

時雨亭叢書とは、文庫蔵書のすべてを精巧な写真版による複製本（影印本）として公開したもので、最新版全八十四巻が二〇〇九年一月に完結した。

今回の「冷泉家、王朝の和歌守展」はこれに因んだ行事である。図書としては、朝日新聞出版の刊行で、頒価は全巻で約二百四十五万円である。

個人としては容易に購える価格ではなく、大学等の研究機関などが購入するのであろう。

図書館は拠点都市の中央図書館等に備えてあるとのことである。

筆者は、横浜中央図書館でその実物を借り、数巻の頁を繰り古典籍の触感を味わってみた。

（五）明月記

冷泉家では「めいげっき」と呼んでいる。藤原定家自筆の日記で、公武間の関係、故実、和歌などの見聞を記したものである。

定家の青年期である、治承年間（一一七七〜八一）に書き始められ死亡の八十才直前まで書き継がれたと言われているが、日記の記述が現存するのは、治承四年（一一八十）十九才から嘉禎元年（一二三五）七十四才までの五十五年間である。

冷泉家の時雨亭文庫に保管され、平成十二年六月、十二年間にわたる修理が完成した際に国の重要文化財から国宝に格上げされている。なお、叢書では五十六〜六十巻に所収されている。

日記は、巻紙に毛筆で、日付、天候（例えば天晴、朝間雨午後晴の如く）に始まり諸々の事柄が記されている。

年代順に五十八巻にまとめられ、巻はすべて巻子装、紺表紙、見返しは白地銀切箔散らし、紐は紫平打、軸は木切軸ないし牙切軸で装幀されている（叢書五十六巻解題より）。

余聞となるが、「明月記」は古い占いをつかさどる陰《おん》陽《よう》師《じ》の天体記録を織り込んであり、そこに銀河系内の超新星とみられる天体が三つ出てくるそうである。そして、それは天文学上の「一級の史料」として科学者から称賛されていると言う。

定家も自分の日記が、後世にこんなかたちで喜ばれるとは思わなかっただろう。（朝日新聞十一月二十四日夕刊窓（コラム）より）

（六）冷泉家の伝統

冷泉家が、このような厖大かつ貴重な典籍類を今日まで維持保管して来られた背景を探ってみたい。

「世情ノ乱逆追討耳ニ満ツト雖モ之ヲ注セズ、紅旗征戎吾ガ事ニ非ズ」これは定家が「明月記」の冒頭に記し、以来家訓として遵守されて来た一節である。

この定家十九才で記した言葉は、戦乱などは公卿の関知するところではないの意である。

そしてそれは定家にとっては、宮廷人として、家学である歌の道の専門家に徹することであったと解する。

二十五代現当主為人の言によれば、この家訓が代々守られて来た理由として精神面では、何が何でも、如何なる時にも和歌に専心して、典籍類を「神」と崇め代々継承保存に努めたことを挙げている。

実体面では、一子相伝であり奥儀は口伝であった。時代的には、明治時代東京に遷らずに京都に残ったため、関東大震災と第二次大戦の空襲という二つの大災に遇わなかったことなどが挙げられるだろう。

余談となるが、十一月十一日テレビ朝日の「徹子の部屋」で、当主為人の妻貴美子は要旨次のように語っている。

一九八〇年朝日新聞の当家の保存事業の紹介が契機となり、国が学術調査に着手し、「財団法人冷泉家時雨亭文庫」が組成された。

そのため税制面の措置や資金の補助等があり、住宅の解体、修理が出来所蔵品の保存と維持が容易になった。

それまでは、冷泉家の資産と収入のみに依存し、彼女の父（二十四代為任）もサラリーマンであり、彼女も高校の歴史の教師をしていた。など「徹子」と交々語った貴美子は和服姿のふっくらとした上品な婦人であった。

（七）百人一首

「百人一首」は定家が晩年に編んだものと言われている。

「明月記」には、文暦二年五月二十七日親類の宇都宮頼綱から、山荘の障子に張る色紙を頼まれ、「古来の人の歌各一首」を書き送ったとあり、定家が百人一首の成立に深くかかわったと考えられてきた。

然し、この辺の事情は江戸時代以来の論争の種だったと言われている。とくに戦後になって論争に一石を投じたのが、別に定家が撰んだ百一人の各一首を収めた「百人秀歌」という歌集である。論争の要点は、「百人一首」にはこの「百人秀歌」の一部が深くか、わっているとのことであり、「百人一首」には「百人秀歌」の一部が収められていると解釈して良いのではなかろうか。

（八）定家と源実朝

鎌倉三代将軍実朝は、詠歌に熱心で、京都の新古今歌壇に深い憧れを抱いており、定家を師と仰ぎ、「近代秀歌」や相伝の「万葉集」の写本を送られている。

実朝は、これらの和歌集を読み自己流の本歌取りを試みた。

「金槐和歌集」（註1）収録の九割余りが万葉集や古今、新古今からの本歌取りと言われている。

元久二年、新古今集の撰集成り、これが特別のはからいで、九月二日鎌倉の実朝のもとに届けられる。

「将軍和語を好ましめ給う」故と言う。時に実朝十八才、定家四十八才であった。またこの年の四月に実朝は、十二首の和歌を詠じたと、「吾妻鏡」（註2）に記されている。

その後、実朝は定家に歌を送り、批評を乞い、定家はすぐに目を通し、批評を加え、他に万葉集や近代秀歌などの歌論集を贈っている。この辺の事情が先述の吾妻鏡に記されている。

公卿である定家と将軍の実朝が師弟と言うのは適切でないかも知れないが、定家は実朝の歌に非凡の才を感じとり、多大の好意をもって対応したのであろう。実朝はその後作歌に打ち込み、四年後に前述の家集「金槐和歌集」をまとめている。

実朝についての歴史的説明は省くが、この時代から武家階級にも和歌を嗜む風潮が生じ、東国武士の頭領たる源氏長者の教養の一環として慫慂されたのだろう。

（註1）金槐和歌集　源実朝の家集一巻、金は鎌倉の鎌の偏、槐は大臣の意（漢名）

（註2）吾妻鏡　鎌倉後期成立の史書五十二巻　幕府の事跡を日記体に編述したもの。

（九）冷泉家の現代短歌への視点

冷泉家二十五代当主為人の妻貴美子（二十四代為任の娘）は次のように述べている。

明治以前は勅撰集が編まれなくても、王朝人らは和歌会を催し、歌を詠み、披講した。

歌会は公の場であり、そこであからさまに私情を表現するのは最も下品なこととされた。そこでは洗練された言葉の美と教養の蓄積された文芸が展開する。

その形の美が、能に、絵画に、工芸に、茶道に影響を与え「和」なるものが形成された。

明治以降は、和歌も文学として受入れられ、宮中でさえもすべて芸術となった後も、細々と「和歌」を守り続けて来たのが冷泉家であると自負している。

そして、現代短歌は「喜怒哀楽を表し、自己表現を第一とする」と評し、その相異を強調している。

これには、伏線として後記する明治代の正岡子規らの王朝和歌に対する批判に対峙する意図があるのではないかと筆者は推察する。

このような冷泉家の意見は、和歌の王道を守ろうとする主張であろうが、現代短歌に拠る歌人達は如何に受け止めるべきなのか、筆者も問いかけたいところである。

（十）近世の評価—正岡子規ほか—

これまでは王朝和歌への正統的な解説と称揚のケースを述べてきたが、終りに明治以降近世になってからの評価の中で、正面からアンチテーゼを唱えた正岡子規の論述の一部を紹介する。――主として子規の歌論「歌よみに与える書」（註1）より引用――

　平安初期の成立以来、「古今集」は和歌の規範であり、歌人にとっての聖典であった。その権威を支えたのが「古今伝授」（註2）である。

　古今伝授は近世の国学者により批判にさらされたが、その権威を決定的に破壊したのが正岡子規である。

　子規は、「貫之は下手な歌よみにて古今集はくだらぬ集にて有之候」と記している。

　この背景を探れば、明治の歌壇は子規以前に与謝野鉄幹により短歌革命の火の手が上げられ、これに対抗して子規は「日本」紙上などで、一層過激に旧派歌人を攻撃し、「貫之には歌らしき歌は一首もなく、定家という人は上手か下手か訳の分からぬ人」云々と、旧派歌人の権威の根源たる古今集と貫之を否定し、それに連なる歌人を罵倒している。明治三十一年のことである。

　子規が以いた手法、戦略は彼が既に成功をおさめている俳句革命に使ったのと同じである。彼は芭蕉の句を貶め、埋もれていた蕪村を発掘し革新の狼煙を上げた。それと同じ手法で古今集と貫之を否定し、万葉集と源実朝を激賞した。

　私見であるが、皇室の権威が絶体の世にあって、勅撰和歌集をこのように激しく批判し、またそれが許されたのは、子規のショック療法的な手法が革新の名のもとに寧ろもてはやされた時代背景があったのかも知れない。

　勿論古今集に対する全面否定には拒否感をもつ文学者は多いと言う。何と言っても明治という疾風怒涛の時代の落し子としての彼の主張が大方に認められたのだろうか。このあたりの論議が昨今の現代短歌にどのような影響を及ぼしているかは識者の見解を待つことにしたい。

（註1）明治三十一年二月十二日～三月四日前後十回にわたり新聞「日本」に掲載されたもの
（註2）古今和歌集の中の語句の解釈に関する秘説などを特定の人に伝授すること。

参考とした図書
冷泉家、王朝の和歌守展　朝日新聞出版
冷泉家、時雨亭叢書　朝日新聞出版
古今和歌集、新古今和歌集　小学館
王朝秀歌選　岩波文庫
新古今集新論　塚本邦雄著　岩波セミナー
実朝考　中野孝次著　講談社文芸文庫
歌よみに与ふる書　正岡子規著　岩波文庫

（二〇一〇年二月）

王朝和歌集とその周辺（二）

―源実朝と金槐和歌集―

（一）はじめに

筆者は、かねてから実朝と金槐和歌集には漠然とした関心と興味を抱いていた。

それは、実朝が単に鎌倉三代将軍、そして新古今時代の王朝歌壇の影響を受けた歌人という、史的な捉え方のみではない。彼の鎌倉三代将軍としての短かい生涯にみる人物像と和歌の世界に歿入する背景、そしてその境遇から滲み出る絶唱とも言える和歌に寄せる関心であった。

加えて、筆者が親炙し愛読していた現代の作家らが書いた“実朝論”の影響を受けたことは否めない。

以下に可成り恣意的な組み立てではあるが、知り得たことに自説を交え項目に分け記述する。

（二）実朝の生涯

鎌倉三代将軍実朝は、父頼朝の死、次いで二代将軍である兄頼家の廃嫡の後、十二才で将軍職に就いた。然し政事の実権は頼家の代から執権である北条家にあり、為政者としての権能は最初から期待されておらず、政治に係る余地は全くなかった。

彼は将軍としての権威の象徴であれば良かったのである。

実朝は兄頼家とは違い、聡明かつ温雅で、幕政の実権は北条の執権に委ね、京都朝廷との関係を重んじ、当時の藤原定家に代表される宮廷歌壇と交流し、和歌に打ち込み超然としていた。

源氏の正統を守ろうとする勢力と、執権政治を強化し朝廷から独立をはかろうとする、北条勢との権力争いが交錯する中での将軍としての立場であった。

承久元年正月の雪の夜、二十七才の実朝は、鶴岡八幡宮での右大臣就任式の帰途、兄頼家の子公暁の手により殺され、源氏の正統は絶えた。悲劇の背後には、権力争いの陰謀がめぐらされていたことは言うまでもない。

（三）和歌との出会い

実朝がどのようにして和歌を詠み始めたか、まただれが手ほどきをしたかは明確でない。

しかし、彼は公家社会の頂点である、後鳥羽院の従姉妹に当る女性（坊門信清の女《むすめ》）を妻に迎えている。元久元年十三才の時であった。

また、関東武家の統帥という立場からも、和歌は備えるべき教養として求められていたものと思われる。

折しも京では「新古今和歌集」が撰出され、京都歌壇の盛大さは、新妻の周辺からも伝えられ、彼の作歌意欲をそそったのであろう。

「吾妻鏡」には、元久二年四月十二日の条に、「将軍家十二首の和歌を詠ぜしめたまふ云々」とある。実朝十四才の時である。

また、父頼朝は和歌や連歌にも通じており、その和歌は「新古今集」以下の勅撰和歌集に十首選入されているほか、慈円の「拾玉集」等にも多数の歌が収められている。何れも鎌倉開府以前の作品である。

この辺の事情から、実朝の歌才は父頼朝の和歌の素質を受け継いだものとの見方もある。

(四) 王朝和歌の影響

元久二年九月、実朝は京都から「新古今和歌集」を受け取り、父頼朝の歌二首をはじめ、敬愛する後鳥羽院の歌や、父頼朝が偶然鶴岡八幡宮で出会い、一夜和歌について歓談したと伝えられる西行や、父が上京中歌を詠み交わしたと聞く慈円の歌の多いことに驚いたと言う。

そして何よりも関心を寄せたのは定家の歌で、難解ではあるが高度に芸術的であることに感銘し、総じてこの勅撰和歌集に魅了されたものと思われる。

(五) 定家との交流

このテーマについては、前号において触れており、若干重複する部分がある。

実朝が先述の「新古今和歌集」を受領したのは、配下の内藤知親が定家の弟子であったことによるが、その後同人を使者として、自作の三十首を定家のもとに届けさせ、合点（批評）を依頼し、定家はこの返答と共に「詠歌口伝」一巻を献上している。この書は普通に「近代秀歌」と呼ばれる歌論書で、実朝はこれを言わば教科書として学び、その作歌活動に大きな影響を与えたことは想像に難くない。

定家は更に万葉集を送るなどして実朝との交流を続けている。

公卿である定家と、将軍の実朝を師弟と呼ぶのは適切でないかも知れないが、定家は実朝に非凡の才を感じ、多大の好意をもって対応したのだろう。一方公卿として、将軍家に対する好誼を得ようとする意図があったかどうかは分からない。

（六）金槐和歌集

実朝の家集「金槐和歌集」は、その奥書、所収歌、部類配列から大別して建暦三年本と柳営《りゅうえい》亜槐《あかい》本の二種類に分けられる。

建暦三年本は通常定家の所伝本と呼ばれている。藤原定家が、巻頭などを書き、他の大部分を家人に書写させた古字本が伝存するからである。これは、もと前田家に蔵せられ、昭和四年五月に金沢の松岡家で佐佐木信綱が発見し、昭和五年一月に解説を付して複製刊行された。

内題はなく、春・夏・秋・冬・賀・恋・旅・雑に分類した六百六十三首を収蔵している。

巻末に定家筆で「建暦三年十二月十八日」とあり、次の頁に後人の筆で、「かまくらの右大臣家集」と記されている。

この家集は、実朝自身の手によってその詩魂の最盛期に編まれたもので、彼の秀歌の殆んどが収められていると言って良い。

柳営亜槐本は、実朝自撰の建暦三年本の部類、配列を編者である柳営亜槐が自己の見解で改変しており、遺憾な点が多い。ただ、勅撰集や吾妻鏡その他の資料から採歌、増補した実朝の歌を含んでおり、建暦三年本の疎漏を補い得るから、資料的には看過出来ないとされている。

「金槐和歌集」の書名は、一般には「金」は「鎌倉」の「鎌」の偏、「槐」は「槐門」と同じく大臣の意と考えられ、全体として鎌倉右大臣の歌集を表すものと解されている。

実朝が右大臣に任ぜられたのは、健保六年十二月であり、翌年正月には悲業の死を遂げているのでこの書名は実朝の歿後に付せられたものであろう。

誰が付けた呼称かは不明であるが、硬く澄んで爽やかな語調をもつ「金槐」は、すぐれて美しい詩魂を抱きながら、若くして悲命に倒れた右大臣実朝に相応しい家集名でなかろうか。

「無垢な詩魂の遺書」と、ある解説者はこのような稍感傷的なサブタイトルを付している。筆者も同様な思いをもってこれを捉えていることは、冒頭で匂わせたところである。

（七）実朝の歌風と文学者らの評価

実朝の歌は、一般的には定家との交流により、当時の王朝和歌の影響を受ける筈だが、新古今調の技巧がなく、むしろ「万葉集」の世界を把握し、独自の歌境を開いたと言われている。

そこで、後世の文学者らによる評価を夫々の著述や論考から拾い簡記してみたい。

芭蕉（一六四四―一六九四）

芭蕉は、弟子の木節《ぼくせつ》に「中頃の歌人は誰なるや」と問われ、言下に「西行と鎌倉右大臣ならん」とこたえたそうである（「俳諧一葉集」）。これは有名は賀茂の真淵の実朝発見より可成り古いことである。

そこには純粋な芭蕉の鑑識眼があると思われ、興味ある"伝説"と言って良いだろう。

子規（一八六七―一九〇二）

子規は、明治三十一年、新聞「日本」に十回にわたり連載した、「歌よみに与ふる書」において、古今、新古今の王朝和歌と歌人らを過激に攻撃し、罵倒しているのと対照的に、実朝とその歌を絶賛している。

要約すると、実朝があと十年生きていたら多くの名歌を残しただろう。力量と見識があり、時流に染まらず、世間に媚びないところは、王朝歌壇の公卿たちとは違う、云々である。

現代の文学者では、筆者がその人物や作品に、ある程度理解と共感を持てる二人につき記述する。この二人は、自らの文学者としての信念や思惟により捉え方が異なり、多分に主観的ではあるが、実朝を近代的なイデオロギーと感覚の持ち主として向き合っている点で共通している。そこに現代の批評家としての意義があるのだろう。

小林秀雄（一九〇二―一九八三）

小林は、吾妻鏡の記録を辿り、また子規ほかの論評との比論、そして個々の歌の解釈を通して、実朝を近代的視点で観察している。

「彼の歌は、彼の天稟の開放にほかならず、感傷もなく、邪念を交えず透き通っている。決して世間と馴れ合おうとしない天稟が云々」（「文学界」昭和十八年二、五、六月号に連載）と述べている。

中野孝次（一九二五―二〇〇四）

中野は、本来ドイツ文学者で、その分野の著述と翻訳のほかに、現代的評論とエッセイが作品の主流であり、古典に関するものは珍しい。

実朝とその歌を、彼自身の現代的視点と美意識で捉え、人生論的な叙述を残しており、彼の文学的転換のひとつの起点であったと言われている。

彼はあるエッセイで、実朝の孤独に惹かれ、孤愁を好んだと記している。

他に実朝に関する評論等を残している文学者に、斉藤茂吉、大佛次郎、太宰治、吉本隆明などが居る。

（八）吾妻鏡について

実朝とその周辺の史実を記したものとして、吾妻鏡について触れておきたい。

鎌倉幕府が編纂した幕府自身の歴史書で、将軍ごとの編年体の形をとっている。鎌倉後期成立の五十二巻、幕府の事跡を日記体で編述したもの。

　鎌倉幕府の通史として、研究には不可欠の文献であるが、北条氏の都合により事実を曲げた記述もあるとされる。世に言う「曲筆」である。

（九）西行への敷衍

　西行は、文治二年、六十九才の折、東海、奥羽の行脚の途上、鎌倉に至り頼朝に謁した云々の記述が吾妻鏡にある。また、定家は「新古今和歌集」に西行の歌を九十四首選入している。従って実朝も新古今に親しむことにより、王朝歌人とは対照的な西行の歌風に接したことであろう。

　実朝は、父頼朝と西行との交流を知り、西行の歌に関心を持ち、影響を受けたことは想像に難くない。

　筆者は、頼朝から実朝に継がれた西行との接点、そしてそれ以前の、定家らの王朝歌壇と西行との関わりに興味があり、何れ機会を捉え論述したいと考えている。

（十）代表的な和歌

　実朝の詠んだ和歌から、彼の生き様を象徴すると思われる十首を選び列記する。

　多分に恣意的であるが、類型的な選択をしたつもりである。

①けさ見れば山もかすみてひさかたの天《あま》の原より春は来にけり　正月一日よめる

　金槐和歌集巻頭の一首である。このように正月を詠ずることで、実朝は後鳥羽院の居る都の春に思いを馳せる訳であり、これは巻末の次の歌と見事に照応している。

②山は裂け海は浅《あ》せなむ世なりとも君にふた心わがあらめやも

　金槐和歌集は、この歌で結ばれている。巻頭、巻末の歌とも後鳥羽院に寄せる畏敬と忠誠の念を詠んだものである。

③ものいはぬ四方の獣すらだにもあはれなるかなや親の子を思ふ

　獣にも親の子に対する慈悲心が本能的に備わっていることへの感動を詠む。

④時により過ぐれば民の嘆きなり八大竜王雨やめさせたまへ

　実朝二十才の作である。心に掛けている土民の苦しみを鎮めるためには、ただ祈るのみであった。「ただ真心より詠み出でたらんが、なかなか善き歌と相成り候ひしやらん云々」と、子規は「八たび歌よみに与ふる書」で記している。

⑤箱根路をわが越えてくれば伊豆の海や沖の小島に波の寄る見ゆ

所謂万葉調と評されている有名な歌である。

二所詣（伊豆権現と箱根権現）の途次に詠まれたもの。実朝の孤独で悲しい心情が表れている。

⑥大海《おおうみ》の磯もとどろに寄する波破《わ》れて砕《くだ》けて裂《さ》けて散るかも

岩頭に砕け散る大波の勇壮さを捉えている。ただしその背後には、波とともに砕け散ることに快感を覚えるような虚無、孤独な心が読みとれる。ある日悶々として波に見入っている実朝の孤独な姿を見る。

⑦塔をくみ堂をつくるも人げなき懺悔にまさる功徳やはある

敬神崇仏の念に篤かった実朝が、当時の善男善女の宗教感覚を感得したもの。反面その時代の人々の所業に対する嘲笑的なものがあるとの評もある。

⑧世の中は常にもがもな渚《なぎさ》こぐ海人《あま》の小舟《をぶね》の綱手《つなで》かなしも

舟の綱を引くのに懸命な漁夫を見て、この世が彼等にとり苛酷、無情なものでないことを祈っている。定家撰の「新勅撰集」「百人一首」に選入された代表作のひとつ。

⑨わが心いかにせよとかやまぶきのうつろふ花に嵐立つらむ

父頼朝亡き後、母政子の実家である北条氏により兄頼家や身近かな武将たちが、次々と殺されてゆく孤独と絶望の中で、二十才の実朝はこの歌を詠んだ。

⑩いでていなば主なき宿と成りぬとも軒端の梅よ春をわするな

吾妻鏡には、実朝横死事件に先立ち、出立の期に及び詠んだものと記されている。

「庭の梅を覧て禁忌の和歌を詠じ給ふ」とある。実朝がこの日の異変を予感してのことと言うのであろうか。

（十一）おわりに

実朝の時代は決して近くはない。南北朝、室町、戦国時代を経て江戸幕府、そして近代と、今日までおよそ八世紀を経過している。

然し、筆者にとり鎌倉と実朝は何故か身近かな存在であった。それは、〝古都鎌倉〟と呼ばれる歴史的な観光地として頻繁に訪れていたこと、もうひとつは、鎌倉幕府の異色の将軍実朝に人間的な興味を覚えたことである。

そして、金槐和歌集という美しい響きをもった詩篇に憬れに近い思いを抱いていたことなどがその理由であろう。

冒頭にも記したように、かねてから関心のあった事柄を拾い出し、自己流ではあるが体系づけてまとめようと試みたのがこの小論である。

さる二月、実朝と政子の墓のある、鎌倉扇ヶ谷の寿福寺に詣でた。寒梅がちらほらと咲く墓地の奥に夫々の五輪塔がひっそりと並んでいた。

参考とした図書

金槐和歌集　新潮日本古典集成
歌よみに与ふる書　正岡子規
実朝考　中野孝次
モオツァルト・無常という事　小林秀雄
その他資料

（二〇一〇年五月）

実りの季節(飯山盆地の棚田)　第47回元陽展　永井寿美子

王朝和歌集とその周辺（三）

―西行法師を考える―

（一）はじめに

筆者は、まんじ一一六号において、「王朝和歌集とその周辺（二）」で源実朝について述べ、その中で西行に敷衍し、次の機会での論述を告げた。

西行については、その家集等の他に解説書が多数あり、また関連する評論、歌論は枚挙にいとまがない。筆者は、王朝和歌の周辺に居た歌人として西行の人物像や作品の背景につき、かねてから興味と関心を抱いていた。

そして、昨今世間で西行に関心を持つ人々が増えていると聞く。「今なぜ西行か」を自からに問い掛け乍ら筆者なりの西行観をこの小論にまとめてみた。

（二）西行の生涯

西行は、元永元年（一一一八）生れ、俗名は佐藤義清《のりきよ》で、鳥羽院の下北面《げほくめん》に勤仕する武士であった。二十三才で突然出家する、その理由は諸説あるが、それについては後述する。

出家直後は、京都の周辺に庵を結んだが、中年の頃には高野山を生活の本拠地としていた。

晩年は伊勢に移り住むが、その間に四国行脚などをしている。最晩年には陸奥下向の旅に出て、藤原秀衡一族との交流や、その途次鎌倉での頼朝との出会いなどが伝えられている。建久元年（一一九〇）河内国弘川寺で息を引き取った。七十三才であった。

詠歌は出家以前から嗜んでいたが、出家して以降益々没入するようになり、次第に歌人として著名になった。そして在俗時に形成された人間関係を中心とした、また次に記述するように王朝歌人達とも密接な交流があった。

（三）王朝歌壇との関係（時代的位置付け）

当時の王朝歌人の代表とされる藤原定家は、一一六二年生まれで、西行との年令差は二十八才若い。定家により新古今和歌集が選進されたのは、西行の没後十五年であり、彼の入集歌は九十四首で第一位であった。

西行は、最晩年に自からの生涯の詠草から撰んだ歌を結番し、二部の自歌合を編み、伊勢の内宮と外宮に奉御しようとした。「御裳濯河歌合」と「宮河歌合」である。前者の判を藤原俊成に、後者の判をその子定家に依頼した。文治三年（一一八七）俊成七十四才、定家二十六才の時であった。

俊成はほどなく序文を書き、判詞を付して西行に戻したが、定家は経験の浅さからすぐには返せなかった。西行は定家を急がせるよう俊成に督促状を出し、定家にも定稿を早く送れという依頼状も送った。それは死の前年の文治五年（一一八九）のことである。

定家はほどなく判詞を返し西行は礼状を出している。

この一連の経緯から、西行の王朝歌人らとの接点の時代背景が理解出来る。

他にも慈円（一一五五—一二二五、平安末期から鎌倉初期の僧、家集「拾玉集」史論「愚管抄」）との密接な交流も伝えられている。

また西行が忠節をもって歌を献じた後鳥羽院が、西行を賞賛した記録も残されている。

これらの著名な歌人達との交流とは別に、見逃すことの出来ないのが同時代の宮廷歌人たちとの歌の交換である。

西行が、かつて鳥羽院北面の武士として勤士していたことにより、鳥羽天皇の皇后であった待賢門院璋子と、則近の女房たちと和歌と信仰を通しての情感のこもった交わりがあった。

これらの事柄については後述する。

(四) 西行の歌集

「山家集《さんかしゅう》」、西行の歌集で、三巻一五五二首、上巻は四季、中巻は恋と雑、下巻は雑と百首歌などから成り立つ。中世の代表的な「六家集」の一つで、藤原俊成のもとに送った自撰の撰集資料に幾度かの増補を加えて成立した。

「山家集」の続編に「聞書集《もんじょしゅう》」と「残集《ざんしゅう》」がある。合せて三百首に満たない小規模のもので、「山家集」成立後に編まれたことは確実だが、その成立過程や編纂動機には不明な点がある。

もともとこの名称自体が、弟子による編纂代行であることを物語っている。

「西行上人集」、約六百首、中世には自筆本の伝承があったが現存しない。鎌倉末期の古字本などがある。

他に、「山家心中集《さんかしんちゅうしゅう》」、三七四首と、歌合として「御裳《みも》濯河《すそがわ》歌合」と「宮河歌合」がある。この歌合二篇の成立過程については後に（六）の（2）において触れる。

なお、筆者がまんじ一一五号に載せた「王朝和歌集とその周辺—冷泉家を中心として—」において触れた「冷泉家—王朝の和歌《うた》守展」(平成二十一年十一月上野、東京都美術館)では、「殘集」巻頭西行書状と「御物西行仮名消息」が展示されてあり、筆者がこれを見ることが出来たのは幸いであった。

もっとも、筆者には判読出来ない仮名文字が綴られており、これが西行の筆と信じて、歌を詠む西行像とは別の歌を字書する西行像を想像してみたところであった。

(五)「西行物語」と西行伝説

「西行物語」は、西行に関する諸説や歌集を踏まえて、没後間もない鎌倉中期、およそ十三世紀半ばに成立したものがその原型と言われている。

西行を主人公にして、その出家から死に到るまでの生涯を実録風に書いた物語である。その内容は単に読み本として普及しただけでなく、早い段階から絵巻物とされていた。

それは女性や子供で文字を知らない者にも読み聞かせるなどして、広い範囲で楽しまれたものと推察される。

この物語には数多くの異本があり、大別して「広本系」、「略本系」、「采女本系」に分けられる。何れもストーリー自体に大きな異同が見られ、収録されている和歌の種類や数にも甚しい相違がある。

また近年の研究で、史実と異なる点があったり、作歌の年代が前後したりで、およそ時代考証的な観点からは離れた書物であろう。

これは西行の歌集の詞書などに、他の西行説話を継ぎ足して、後世の物語作家が構成したためである。異本の多いことも、それぞれの時代に無名の作者たちが、自分なりの西行像を描こうとしたためと解釈すべきであろう。

「西行物語」と併せて、西行が庶民文化の中に深く浸透していたことを示すのが西行伝説である。

西行伝説は全国各地にあるが、それは史実の延長であるとしても、史実そのものではない。たとえば、伝説に昔話、歌謡等を含んだものを伝承とするならば、西行は日本の歌人伝説の中では柿本人麻呂に勝るとも劣らず伝承の多い歌人とされている。

それは、西行の歌やその行動力の魅力からくる西行人気とも言えるが、そればかりではない。西行伝承の内容を口承文芸のジャンルに基いて分類すると次のようになるだろう。

①西行がこの地に来て詠んだとされる歌、地誌、伝説集、歌碑など。

②西行の事蹟にかかわる伝説—社寺、西行堂(庵)、像、腰掛石、衣掛松。

③西行と村の娘(子供)との問答集、伝説や昔話。

④西行の名が登場する民謡—木遣り唄、地搗き唄。

⑤その他サイギョウと呼ばれる職人や、乞食僧、土人形など。

(六) 西行の和歌の特色と人物像

(1) 和歌の特色

西行は、「新古今」の歌人であり乍ら、その領域を飛び出した歌人と言われている。その詠みぶりも、新古今を編んだ定家とは全く異なる。定家は、和歌の世界を広く見渡して批評し、歌の優劣を選別する権威的存在だった。

これに対し西行は、いつも歌を詠む者の側に居た。旅に出て山中で修行に励み、時には桜の花に打ち興じ、作歌の傍ら伊勢では神官たちに和歌の道を教え、役目を与えられれば七十才近くなっても奥州平泉に東大寺再建の勧進(資金調達)の仕事にも行っている。

若くして出家してから、晩年入滅まで巾広く行動し、各所において、風物と人間に密接に接し歌を詠んだ。そこには修行に裏付けられた信仰と人間くさい情感がこめられている。

(2) 人物像

人物像については、西行の出家を入口とし、晩年入滅(死亡)を終点とする一連の事柄を述べることで、その特徴がある程度浮き彫りになると思う。

①出家の事情と動機について。

出家の動機としては、当時鳥羽院下北面の武士であった彼が、保元の乱を控えた政治状況に嫌気がさした。親友の頓死に世の無情を悟った。などの他に、ある高貴な女人への思慕とか、和歌の道に専念するため、などの各説があり、何れも後世の評者が語ったものでその正否は定かではない。

西行のその後の歩みを辿ってみれは、彼は組織に属さず、官位からも自由で、束縛されない一人の人間として行きる道を選んだのではなかろうかと想像出来る。

②晩年と入滅

西行の晩年は、伊勢移住とともに始まる。治承四年(一一八〇)六十三才で、平清盛による福原遷都の直前である。

出家以降、京都近辺の東山寺寄住、鞍馬、嵯峨、吉野山に庵を結んだが、久永五年三十二才の折に高野山に入山し、以後三十年ほどこゝを拠点として活動する。

先述のとおり治承四年六十三才近辺で高野山を離れ、熊野を経て伊勢に移住した。西行の晩年はこの頃から始まったと言えよう。時代的にはこの頃から源平争乱期に入ることになる。

西行が長年住み馴れた高野山を去り、伊勢二見(三重県渡会郡)に移った理由は、彼自身は「住みうかれて」—住むのがいやになって—と簡単な表現しか記していない。

一部の研究者によれば、源平争乱期に入った社会的事情によるものと言う。要は伊勢移住は戦乱からの避難であったと言うことであろう。

従って、この時期の西行の行動は、自からの晩年を意識し人生の仕上げを急いだかのような目立ったものがある。象徴的な二つの事例を挙げよう。

一つは、文治二年六十九才の折二度目の奥州行きを決行している。治承四年（一一八〇）平氏の南都焼打ちで焼失した東大寺大仏の復興資金勧進のためである。これは事業の元締めである高野聖、重源の依頼によるものだが、老令には厳しいこの仕事を引き受け、父祖の縁につながる藤原秀衡を訪ね砂金の勧進を依頼した。

この往路鎌倉で頼朝と会い事業への協力を依頼し一夜を語り過したとのことである。文治二年（一一八六）八月である。

勧進は成功したが、当時冷戦状態にあった秀衡と頼朝の間に立ち交渉をまとめたのは、西行ならではのことであったとされる。なお頼朝との出会いについては後述する。

もう一つの事例について述べよう。

奥州から帰った西行は、自からの生涯の詠草を結番《けちばん》して伊勢の内、外宮に奉納すべく、「御裳濯河歌合」と「宮河歌合」の判を藤原俊成とその子定家に依頼するなど、自からの人生のまとめとも言える行動をしている。（この辺は（四）西行の歌集、と記述が重なる）。

ちなみに定家から「宮河歌合」の判を受けとったのは文治五年西行七十二才の十月河内国弘川寺の病床においてであった。まさに最晩年のことである。

建久元年（一一九〇）二月十六日（旧暦）西行は河内国の弘川寺で息を引き取った。以前に詠んだ「願はくは花の下にて春死なんその二月《きさらぎ》の望月のころ」（山家集七十七）の歌のとおり月は満月、桜は萬開の日、釈迦涅槃の一日後のことである。

③終焉に際しての歌人達の追慕

西行が極楽往生を遂げたあと、都にいた歌人たちはその跡を恋い慕い涙を流さぬ者はなかった。中でも左近中将定家は、菩提院の三位中将公衡《きんひら》のもとへ西行の死を告げた手紙の奥に、「望月の頃はたがわぬ空なれど消えけむ雲の行方悲しも」と詠歌を付した。訳すると「釈迦と同じ二月十五日頃死にたいという願いのとおり、あの方は空のかなたに旅立たれましたが、現世に残された私は消え去った魂のゆくえを悲しく思っています」となろう。

これに対し、三位中将公衡の返事は、「紫の色と聞くにぞ慰むる消えけむ雲は悲しけれども」、訳すると「紫雲がたなびいて極楽往生まちがいなしと聞いて、わずかに私の心は慰められました。あの方の死はこのうえなく悲しいことですが」となろう。

この定家と公衡の贈答歌は、西行の極楽往生は間違いなしとの志向を持っており、そのことは西行の生涯を歌人であると共に宗教者として捉えていると見ても良いだろう。

④女人との交流

西行が、鳥羽天皇の中宮であった待賢門院に仕える女官たちと親しく交流出来たのは、彼が鳥羽院北面の武士として勤仕していたことによるが、それは交流の切っ掛けに過ぎず、「山家集」等の歌で知られる女人たちとの交流は、彼との間に共有された和歌と信仰を介して、情感のこもった交わりのあったことの証左であろう。そして核心となるのは、待賢門院璋子（たまこ、しょうし）への思慕であったとされる。

このことは、西行出家の動機のひとつとされる恋愛説と付合する。待賢門院璋子に関する古今の著作は多く、その中での逸話はフィクションと見られるものもあるが、彼女が非常に魅力ある女性であったことと西行が「永遠の女性」として思慕し、崇拝したことは疑いをはさむ余地はなさそうである。

西行は彼女より一七才年少であり、彼女が四十五才で崩御したときも西行は二十八才であった。西行がこれら女人との交流を詠んだ歌は山家集中巻（恋と雑）に収められているものを主として三百余首に及び、花をテーマにしたものに次ぎ圧倒的に多い。

なお、待賢門院璋子に関する最近の著作で比較的ハンディなものとして、「愛欲の精神史③王朝のエロス」山折哲雄、角川ソフィア文庫　と、もうひとつ「西行」白洲正子、新潮文庫　を挙げておく。他に月刊誌文芸春秋に渡辺淳一が「天上紅蓮」の題名で、璋子を主人公にしたドラマを目下連載中である。

⑤西行の妻子のこと

西行物語等の説話類が伝えるには、出家する以前の西行には妻と娘がいたとされ、その存在は世に知られてきた。また西行が残した膨大な歌の中には、妻子の存在を感じさせるものは一首もないことから、西行は独身であったとする説も過去に唱えられた。

しかし、この説に対して、西行は妻子に限らず他の肉親についても詠歌の対象としていない点から、別途に鴨長明著の「発心集」第六の「西行女子出家事」に伝える娘の伝承は信憑性が高く、上記説話類が伝える妻子の存在が裏付けられ今ではほゞ定説化していると言う。

⑥頼朝との出会い

西行は、最晩年に近い文治二年（一一八六）八月十五日鎌倉に着いた。東大寺復興資金の勧進に頼朝の援助を請うためであった。この辺の事情については先述した。

頼朝は、和歌にも通じており、鎌倉開府以前の作品であるが、「新古今集」に十首入撰されているほか、慈円入撰の「拾玉集」にも多数収められている。

西行は頼朝から求められた和歌についてよりも弓馬の話をしたいと述べ、かつて北面の武士であった頃に身につけた「流鏑《やぶさめ》流」はじめ武士として文化を嗜む道について語ったと言う。頼朝のもとに一泊し、翌朝辞去に際し頼朝は礼として銀造りの猫を西行に贈ったが、彼はこれを門外に遊んでいた童子に与えたと挿話が残されている。

筆者の関心は、頼朝の次男である三代将軍実朝が、この辺の事情を知るにつけ西行の生き様や詠み振りに影響を受けたのではないかと言うことである。

（七）鴨長明との比較

鴨長明（一一五五？—一二一六）は、西行より遅く生れ歿年も二十六年後であるが、ほゞ両者が共存するこの時代は、一般庶民は文筆の能を持たず、文芸を支えるものは多く貴族、没落貴族、僧侶や隠者たちであった。

彼らは多く現実生活の不安や動揺を深刻に経験しつつも、その渦中に入らずに時局の外に立って眺めていた。

その代表的な人物が長明であり、作品が「方丈記」である。長明が自からの境涯を述べた「方丈記」を貫くものは、無常観であり、時世に対しては否定的な諦感を持って立ち向い、現実を批判しながら、自己の諦念とのギャップに悩んでいる。逃避者であるが、その想念には積極的な意味を見い出すことが出来る。

それに対比し西行は歌人としての生き方にすべてを打ち込み、浮世の栄枯をよそに、自然のなかを放浪し、隠者としては徹底したものがあった。自然と直結した彼の歌は、当時の他の歌人には見られない非技巧的直感的な見方が光っている。

鴨長明については、このような論点を踏え別の機会に小文にまとめて見たい。

（八）現代社会への影響

筆者は、西行の最高の追随者として、芭蕉（一六四四—一六九四）を挙げたい。史上で両者の足跡が重なる場所は多い。

「草庵に暫く居ては打ち破り」芭蕉は西行が貫いた生き方を見つめていた。「旅に病んで夢は枯野をかけ廻る」死の形は違っても両者の死生観は共通のものであったかも知れない。そして、西行や芭蕉に憧れ旅をする現代の日本人も夫々に自からの生と死を見つめているのだろう。

階級社会に収まらず、和歌と信仰に情念を結晶させ、源平争乱の世を駆け抜け、最期は念願どおり極楽往生を遂げた西行の生き方は、現代の人々に生きる勇気と死への諦観を知らしめてくれるのかも知れない。

要すれば、不況、リストラ、政治不信などで苦悩する現代人の心に西行の歌のもつ神髄があたかも言霊のように響くのであろうか。

（九）西行研究の展望

現代において西行の研究者は多く、その著作論考もまた多数ある。最近これらの研究者の間にも新たな動きがあるようだ。

国文学を中心とし、民俗学、美術史学と多くのジャンルの研究者が、作春「西行学会」を結成、その成果を世に問うべく、研究雑誌「西行学」をこの夏笠間書院から刊行する予定と聞く。

後世の日本文化に多大の影響を及ぼした巨人、自由人と捉え研究の場を開くとの趣旨と言う。

この稿がまんじに載る頃には、この学会の創刊号が世に出ることになるだろう。恐らくは可成り多角的、専門的な内容であろうと筆者も期待している。

（十）おわりに

西行については、書きたい人が読みたい人より多いと言う。西行を読み、深く知るにつれ人は自からの感懐を何らかの形で外部に伝えたくなるのであろう。筆者もその例に洩れない。

不十分な知識の上に立つ見解と想いではあるが、何らかの形で表明したく、まとめたのがこの小文である。世にあまたある西行論とは比肩すべくもないことは承知の上で、敢えて自己主張をする心情を汲みとって頂き、御批判、御意見を頂くことが出来れば幸いである。

参考とした図書

○「山家集、聞集、殘集 」和歌文学大系21　明治書院
○「西行」有吉保　集英社
○「西行」饗庭孝男　小沢書店
○「西行　捨てて生きる」別冊太陽　平凡社
○「西行物語」宮下隆二　ＰＨＰ
○「西行物語」全訳注　桑原博史　講談社学術文庫
○「西行」白洲正子　新潮文庫
○「愛欲の精神史③王朝のエロス」山折哲雄

（二〇一〇年八月）

はるかなる祖国——海外日系人の短歌

（一）海外移住について

日本人の海外移住の歴史は古い。明治二年（一八六九）ハワイへの出稼移住を契機とし、次いで米国に及び、その後明治から大正にかけて米国側の誘致と排斥の繰り返しを経ながらも移住は次第に増加していった。

南米については、明治三十二年（一八九九）第一回ペルー移民（一七〇人）が最初である。

ブラジルには、明治四十一年（一九〇八）第一回約八百人が、「笠戸丸」で神戸からサントスに着き入殖した。

その後、ブラジル政府の農業開発のための移民受入政策と日本政府の積極的移住支援により集団移民が続いた。

他の中南米の国にも派生的な移住はあったが、移住の大勢を占めるのは、米国とブラジルの二国であろう。

海外の日系人の数は約二五〇万人と称され、その国別分布は、平成十一年の統計では、米国一〇〇万人（内ハワイ二十四万人）、ブラジル一三〇万人、ペルー八万人、カナダ五万五千人、アルゼンチン三万二千人、他南米諸国に分布となっている。

（二）短歌を詠む移民

本稿では日系人の移住の歴史を解説するのが主旨ではない。

筆者は予てからこのような日系人が、移住地において活潑に短歌を詠み、地域の歌誌や日系の新聞に投稿しており、その集成がいくつかの作品集として存在していることに興味を持っていた。

海外で暮しはじめて、その地に骨を埋めることになった時点で日系人と呼ばれる訳だが、二世、三世ともなれば、日本語は第二外国語のような位置となるので、短歌のような文芸を嗜むことが出来るのは、一世や一世に連れられて子供の頃に移住した人々が中心となる。

短歌は、移民にとり単なる民族回帰、あるいは郷愁の営為なのか、いや、異人種に囲まれ、これという祖国の支援もない苦しい境遇の中で、彼らの情熱や自負が、短歌という形で発現したのではなかろうか。

あるいは、永住により次第に薄れゆく日本人としてのアイデンティティを短歌に託したのではなかろうか。

もはや戻れない家郷を想い、故郷の山河や年老いた両親を思う一方で、戦時下の収容所生活、二世たる息子らの彼の国への帰属等数々の苦悩を通して彼らの詠んだ短歌は、美しくも哀切極まりないものがある。

ただ、移民は貧しさ故に渡航を余儀なくされた人たちが殆んどであり、高度の学校教育を受けた人は少ない。

こういう人たちが短歌を詠むということ自体が驚異的なことであり、そこに短歌の不思議な生命力のようなものを感ずる。そして、彼らの短歌には技巧的な言葉わざはない。

「うまい短歌」ではなく「いい短歌」、「心をうつ短歌」なのである。情熱、情念、自分のやむにやまれぬ心を人に伝える短歌なのであろう。

筆者は、このような移住日系人の短歌に魅せられ、いまも感動を引きづっており、予てから温めていた構想をこの小論にまとめた次第である。以下に主な移住地である、米国とブラジルにつき、短歌の作られた背景と、象徴的と思われる個別の作品を紹介する。

夫々の作品については、作者名と掲載された歌誌、新聞と時期を出来る限り記した。

個々の作品につき筆者なりの感想はあるが、それを記すには紙幅が不足する。

(三) 米国移民の短歌

この地への本格的な移住は、昭和六年（一九三一）に始まった満州事変から昭和一六年（一九四一）の太平洋戦争に到るほゞ一五年間に行われた。

この時期は、日本を取りまく国際情勢は厳しさを増し、米国における排日運動、人種差別による失業問題も深刻であった。

次いで、太平洋戦争開始直後、彼らは特定の収容所に強制的に入れられ、その数は約十二万人と言われている。

また、この時期に既に成人していた二世の男子は徴兵され米軍兵士として欧州戦線に送られていた。

収容所では、人種差別の問題から何回か虐待や騒乱事件が起きたが、市民権を持つ日本人に対する差別は戦後まで深刻な問題を残した。

かゝる境遇のもと人々はつれづれに短歌を詠み、戦前は歌誌や日系新聞の短歌欄に投稿し、収容所ではサークルに寄り合い、文芸誌を発行し心の慰めとしていたのである。

昭和七年から一六年（太平洋戦争開戦）までの作品

●待ち待ちしオリンピックも早や過ぎて大き虚しさの羅府をおぼえり
竹下夢生　昭和七年　加州毎日新聞

●あめりかの古里びとはうれしもよ酢の匂ひする寿司をいただく
竹下夢生　昭和八年　加州毎日新聞

●日米の国交の危さ書き列ね叔父の便りは帰国うながす
森田田鶴子　昭和八年　加州毎日新聞

●同胞が寒さに耐えて作りたる野良に初日の射して明るし
中川無象　昭和九年　加州毎日新聞

●半生を棲み馴れながらアメリカをよろしと未だ吾が言い兼ねつ
唐津文夫　昭和十年　羅府新報

●片言の英語の世辞をいつしかに馴れしか白人笑はずなりぬ
南みどり　昭和十二年　加州毎日新聞

●ジャパンメール無しとは念えどひと度は足を運びつメールの函に
あかね草　昭和十二年　加州毎日新聞

●北支にて戦ふますらを思ほえば暑さ寒さを言ふ口は無し
柴田畔老　昭和十二年　加州毎日新聞

●ジャップと聞きとがめける吾が友に石投げつけぬチャイニーズの児等
紀伊幸代　昭和十三年　加州毎日新聞

●ピストルに実弾こめし移民官旅券を調べ仮借するなし
矢　天洋　昭和十三年　加州毎日新聞

●この上に排日法案をむしかえす醜の議員をも人間といふか
緒方喬　昭和十四年　加州毎日新聞

●あめりかの野末に住めどみ民われ祝ぎつつ洩るる無し皇紀二千六百年
広　亙全　昭和十五年　羅府新報

●大和魂にアメリカンスピリット織りそえて世界平和の道しるべせよ
馬場白川　昭和十五年　加州毎日新聞

●とつくにの民とし指紋押すここち国辱めらるる思ひにてありき
白井千曲　昭和十五年　新世界毎日新聞

●日米戦争無しときめつつ折に触れ有事の時をもひそかに想ふ
塚本星見草　昭和十六年　加州毎日新聞

●一家族で国籍二つに分れ居るえにしのなやみ身近かに迫れり
三保如水　昭和十六年　加州毎日新聞

●ますらをの春と言はむ我が子や米国軍人としてけふを召されぬ
塚本星見草　昭和十六年　加州毎日新聞

●凍結令布かれし日よりしみじみとこの身異国に住むと意識す
三保如水　昭和十六年　新世界朝日新聞

●新内閣如何に動くか民我固唾をのみて明日を待つなり
棚橋宗二　昭和十六年　加州毎日新聞

昭和十七年から二十年（太平洋戦争終結）までの作品

●日米戦争勃発せりとの時事ニュース唐突の余り吾が耳疑ふ
江頭桂舟　昭和十七年　如月短歌会

●刺のある針金もちて囲ひたる中に吾らや日々を生活す
永　勇　昭和十七年　格州《コロラド》時事

●番兵が櫓の上に銃持ちて吾等を見張る仰々しもよ
永　勇　昭和十七年　格州時事

●入所手続済みて入り来しバラックの粗床の上に涙おちたり
中村郁子　昭和十七年　格州時事

●野の花をわが乞ひしかば銃下ろし歩哨の兵の摘みて呉れたり
中村郁子　昭和十七年　格州時事

●憤りの底に藻掻きつせん術のなきぞ悲しき敵国人我れは
由起子　昭和十七年　格州時事

●背一ぱいに日の丸のシヤツ着せられて有項天なりしが射殺の目じるし
中村雨情　昭和十七年　歌集「宣誓」

●わが子らを吾は捧げむ日米の国と国とのくさびとなして
飯野たか子　昭和十八年　格州時事

●邦字紙は読めぬ戦時の病院に闇にさまよふ思いにて居り
藤倉北總　昭和十九年　北米短歌

●戦はいつの日果てむつぎつぎと侘び住むままに老の死にゆく
深谷百合子　昭和十九年　北米短歌

●ニユヨークゆ吾子の持ち来し土産には戦時珍らしき羊羹も出ず

豊留たか　昭和十九年　北米短歌

●戦時今侘び住む同胞のそれぞれに行きて慰めよわが文芸誌

岩室吉秋　昭和十九年　北米短歌

●歌友の別れ散るべき月を想ふセンター閉鎖に歌会も閉じて

松尾寿郎　昭和二十年　北米短歌

昭和二十年（太平洋戦争終結）以降の作品

昭和二十年八月十五日、日本の無条件降伏により、収容所（センター）は閉鎖され、日系人たちも収容所を去った。

三年余の生活が彼らに残したものは何だったのか。戦後の彼らは無からの出発であった。

見通しのきかない生活環境の中でもなお辛かった生活の追憶と未来への希望を求め短歌を詠んだのである。

●柵上に狂いし友は射たれ逝くいとし子八人布哇《ハワイ》に残して

高橋紀峯　昭和二十一年　羅府新報

●黒船に目覚めし民が原子弾にまたも目ざめぬより眠る民か

升谷千代　昭和二十一年　羅府新報

●敗戦の祖国思へば為すべきこと多きにあわれ吾は老いつつ
泊良彦　昭和二十一年　羅府新報

●国たみの心読まむと目を凝らす戦後日本の文字薄き歌誌
高柳沙水　昭和二十二年　加州毎日新聞

●日本の歌誌のみうたのおほかたは戦禍に世相見せていたまし
阿野秋野　昭和二十二年　加州毎日新聞

(四)　ブラジル移民の短歌

日露戦争後、米国で日本移民に対する排斥運動が高まり北米への移民は頓座した。これに対し中南米の諸国は、人種差別で移民を拒否することなく、日本からの移民を受入れた。

とくにブラジルは未開拓の土地が多く、農業開発のため大量の移民を受け入れた。

一九三十年代に入り、日本政府はブラジル移民に力を入れ移民船で集団的に送り出した。

笠戸丸による最初の移民からいまや四世目の世代になろうとしている。

ブラジルにおける日系人の作歌活動は積極的で、歌誌等への投稿も編集発行も盛んであった。

短歌誌「椰子樹《やしじゅ》」は、サンパウロ市内で一九三八年創刊された日系人による歌誌で、爾来五十八年間（太平洋戦争による五年間の休刊あり）発行を続けている。

この編集者たちが中心となり、移住七十周年記念に「コロニアル万葉集」が編まれている。これには戦前戦後を併せ一三七八人、六六三四首が収められている。昭和五六年（一九八一）に発刊された。

更に移住百周年記念に合同歌集「祖国はるかに」が発刊されている。

最近のものとして、「ブラジル移住百人一首」が二〇〇八年日本の専門歌人により編纂されている。これは「コロニアル万葉集」ほか従前の歌誌などから百首を選出したものである。

次に概ね年代順に代表的な作品を挙げる

●井戸端に血を吹きし手を洗ふ移民の悲しさ言うこともなく　酒井繁一

●足元にとぐろを巻ける毒蛇を殺して今日も原始林を伐る　酒井繁一

●ブラジルの奥なす森に並び建てる吾がはらからの奥津城どころ　行方正治郎

●米作りやめてはるばるこの里にトマテ《ママ》作ると来りけるかも　瀬崎涛声

●正月にふさはしからぬ此の国のこの蒸し暑さ雑煮食しをり　瀬崎涛声

●いついつと帰る日知らぬ故里の信濃の国の山川を恋う　岩波菊治

●もの言わぬ父もの言わぬ子が鍬を引く意見別れしその日の裏山　上野紅陽

●リオデジヤネイロなみうちぎわにおりたちて日本と砂に書きても見たり　富岡清治

●わが得たる孫の幾たり混血のみどり児汝もそのひとりなる
安部栄子

●アマゾンに来たりて一年の日はたちぬ密林の中に今日も暮れゆく
磯部勇

●故国まで続ける海ぞ足裏の痛くなるまで熱き砂踏む
河井美津子

●アマゾンの落日にもゆる夕茜郵便物もとどかぬところ
汲村ヨツノ

●声合わせ若き日の唄口ずさむ妻と二人の安らぎの夜に
山田鉄男

●祖国より我を咎める声を聞く帰化せんと旅券取り出せるとき
八幡与三

●胸ぬちを一瞬よぎるものはなに帰化する儀式に宣誓するいま
安良田済

●移住時に梅干し入れ来し小甕にて百年祭祝ぐ花を活けたり
青柳ます

•百周年吾の卒寿と重なりて生きんとぞ思う子等のブラジル
川上美枝

•この国のめぐる季節に身をゆだね生ききし日々を思う移民の日
多田邦治

•祖国までつづける海と思いつつ水掬いみる皺深き手に
古山孝子

•菊薫り桜の咲くを見ればもはや異郷というべくもなし
高橋勇三

(五) 結び

これまで五十余首に及ぶ日系人の短歌を列挙的に紹介した。極めて単純な手法であるが、彼らの作品をそのまゝ挙げて、読者にその背景にあるもの、そして彼らの心の内側にあるものを感じとって欲しいとの思いからである。

彼らの短歌は、決して難解な技巧や語彙を使っていない。悲しいほど素朴で正直に心情を吐露している。従って短歌そのものが、時局背景や境遇をリアルに写しとっていると言えるだろう。

その意味において、この小論の単純な構成を理解して頂ければ幸いである。

一世、二世の死亡、老令化により、本来の移民の短歌が途絶えるのも遠くないだろう。

こゝに筆者自身の心のモニュメントとしてこの拙作を書き留め得たことは望外の喜びである。

（二〇一一年五月）

参考とした著作等

「海越えてなお」　小塩卓哉　本阿弥書店
「北米万葉集」　大岡信　集英社新書
「海外日本文芸祭作品集」
「季刊海外日系人」　海外日系人協会

流離《さすらい》の歌人　吉井勇

―その耽美と抒情―

はじめに

吉井勇（一八八六―一九六〇）については、今や歌人か熱心な文芸ファンは別として、知名度はあまり高くはないと思う。

現代短歌の分野では、年代的に旧い方に属し、まして前衛歌や社会詠、更には新しがりの口語短歌が多い現下の短歌界では無理のないことである。

しかし、明治、大正、昭和の三代にわたり正統的な和歌の筋を踏み、難解にわたらず、平易に流れず、気品のある作品を残している。

このことは、筆者にとっては、古典よりも現代短歌よりも、その感性と抒情性を身近かに感じ、強い共感を覚えるものがあった。

本稿では、この歌人の一生を概観し、その詩魂のようなものに聊かでも近づくべく、その作品を列挙しつつ概ね年譜の順に解説を試みたい。

勿論、勇の作品は、詩、戯曲、散文等多岐にわたるが、ここでは短歌についての記述にとどめる。

（一）経歴

一八八六年（明治一九年）東京に生れる。祖父友実は、西郷、大久保らと共に国事に奔走した維新の志士の一人で、のちの枢密顧問官。勇は父幸蔵母静子の次男として生まれる。

父は海軍軍人、退役し貴族院に入る。勇は幼時から鎌倉と東京に住み、府立一中等を経て早稲田大学に入るが中途退学する。

明治四十三年、京都に遊び祇園歌の想を得る。大正十年徳子と結婚し、江ノ島の片瀬に住む。昭和八年徳子と離婚し土佐に隠棲する。

昭和十二年まで土佐に留り、孝子と再婚する。翌昭和十三年京都に移り、以降京都を第二の故郷として晩年を過す。

昭和二十三年、宮中歌会始の儀に参列（選者）、八月日本芸術員会員となる。

昭和三十五年、京大病院で胃癌の手術を受け、小康を得るも再入院十一月十九日に死去する。

（二）幼少期

勇の祖父友実は、戊辰の役で功あった明治の元勲で、勇の名付け親でもあった。勇の幼年の日の追憶には白い頬髭を生やし、いかめしい祖父の面影があったであろう。

●いとけなき日のおもひでの目に浮き来祖父《おおおや》の頬の白き髭はも

●轣轆《れきろく》と祖父《おおおや》乗らす馬車の音いまも遠《おち》よりひびき来るがに

●何ごとのありし夜ぞも祖母《おほはは》も母も灯かげに泣きてまします

●六歳《むつ》の秋祖父《おほちち》の死と会ひてより無常のおもひ知りしならぬか

●祖父《おほちち》の葬りの列にわれありて赤坂見附過ぎにけるかも

勇は幼時から鎌倉と東京に住み、その頃が彼にとり追憶の中でも名門の家を実感出来た時期であったのか。

●母わかく眉目よくましきわれ小《ち》さく疳高なりをその日遠しも

●寝ころべば青き芝生ぞ忘られぬいとけなき日の高輪の家

●道ばたの栗を拾へば高輪の家見て八歳《やつ》のわが姿見ゆ

鎌倉の別荘での追憶の歌がある。材木座の別荘から八幡宮の横手にある師範学校の付属小学校までの小一里を、父が中国から連れて来たという驢馬に乗り通ったらしい。

●砂のみち驢馬に乗る子のかなしみを知れるが如く昼顔の咲く

（三）少年期から青年期

六才まで鎌倉の別荘で育つが、秋には高輪の生家に戻り小、中学を経て早稲田大学に入り中退している。

この二十才前後に肋膜炎を病み、再び鎌倉で療養生活を送る。この間に歌書、文学書を耽読し、自からも作歌を始め、歌誌「明星」に作品を発表し、その耽美的な作風が注目され、北原白秋・木下杢太郎らと並ぶ新進歌人として遇された。

●君がため瀟湘湖南の少女《おとめ》らはわれと遊ばずなりにけるかな

●夏はきぬ相模の海にわが瞳燃ゆわがこころ燃ゆ

（四）青春期

勇は明治四十三年、二十五才の折京都に遊び祇園に係る作歌の想を得た。それは彼が東京を離れ流離の旅に出る契機となったのである。そしてここにおける作歌活動は彼の耽美、情痴派歌人としての名を高めることになった。

●かにかくに祇園はこひし寝るときも枕の下を水のながるる

●先斗町あそびの家に灯のうつる水なつかしや君とながむる

●ゆるやかにだらりの帯のうごく時はれがましやと君の言ふ時

●あかつきの光のなかになまめくは雑魚寝寝起の細帯の人

●伽羅香がむせぶばかりににほひくる祇園の街のゆきずりもよし

●島原の角屋の塵はなつかしや元禄の塵享保の塵

●紅燈の巷にゆきてかえらざる人をまことの我と思ふや

（五） 結婚そして没落

大正十年三十六才の折、伯爵柳原義光の次女徳子二十二才と結婚し、新居を江ノ島片瀬に定める。大正十五年家督を相続し爵位を継いだ。父幸蔵は翌昭和二年に死去したが、多額の負債を残し、勇の身近に経済的な問題が生じた。

勇は金策のため、高輪の本邸を売り、移転した先は都心から三里も離れた荒川河畔の別寓であった。

●いまもなお耳に残れる荒川の岸辺の蘆の葉摺《すれ》かなしも

●荒川の秋の出水に追はれ来し鼠の群におどろきにけり

●電燈もなき家なれば蝋燭の灯を吹き消しさむく眠るも

勇は妻徳子との間に一子滋を設けたが、異例な事件が契機となって昭和八年四十八才で離婚した。

その事件とは、社交好きの徳子が世に言う「不良華族事件」に係り、当時のメディアが大々的に報ずるところとなった。

この事件で宮内庁の処分は、徳子は華族の特権剥奪、勇は監督不行届で戒告処分であったと言う。勇はこの際爵位を返上したとも、戦後爵位廃止までは伯爵であったとも伝えられるが、事実は定かではない。

この間の妻徳子への勇の憤懣は強く、孤独感をつのらせその後放浪の旅を続ける端緒となった。

●願はくばひとりわがゐるうつし世のこの地獄より早く出でしめ

●われは旅に妻は夜戸出《よとで》に子はひとり婢《はした》とあそぶあはれなる家

●妻も子も棄ててか旅に出でなまし苦しき時はかくおもへども

（六） 放浪と隠棲

昭和八年妻徳子と離婚し土佐に隠棲する、勇四十八才であった。

五十才の折土佐の猪野々に草庵を造り渓鬼荘と名付け
て住む。
この時期に勇は老いの身を蝕むのは酒のせいと考えたのか、酒との別れが始まったらしい。彼にとり歌魂を養う血汐のような酒との別れは痛烈な歎きであったと想像出来る。
•酒飲まずあれどものに酔ふごとしわが世の旅の愁いにか酔ふ
•破廂《わびさし》朽縁古り畳にも昨日の酒のにほひ残りぬ

(七) 再婚

昭和十二年、勇は五十二才東京下町出身の国松孝子と結婚、京都北白川に居を定め六年間住む。
この頃から屈折の多かった人生に漸く転機が現われ、歌風も艶から寂びへの転換が明瞭になってくる。
•あはれさはわが侘び住みの破障子さむさむとして妹の貼り替ふ
•をりをりは娑婆の寒さをかこちつつ水涜爺となりてわが居る
•金欲しく鉄斎の絵を売りしこと悔みつつおもふ娑婆のさむさを

(八) 終戦と最後の栄誉

終戦は昭和二十年、勇六十才であった。疎開先富山県八尾から京都に戻る。

昭和二十三年、勇六十三才の一月、宮中歌会始の選者となり、六月昭和天皇が関西行幸の砌大宮御所で谷崎潤一郎、新村出、川田順と共に拝謁、八月、日本芸術院会員に列せられた。

(九) 歌碑建立と永訣

以降、作品の発表と出版を重ね、古稀を記念して祇園白川の畔に「かにかくに祇園はこいし・・・」の歌碑が建てられた。

昭和三十五年、七十五才胃癌、次いで肝癌を患い京大病院で死去十一月十九日であった。

(十) 出自と負い目

勇の人生を通しての生き様の特徴として次のことが言えるだろう。

祖父は明治の元勲、父も貴族院に列し、勇も爵位を継いだ筈だが、伝えられる彼の生活振りは、華族としての栄耀栄華を感じさせるものはない。

勇にとっては、むしろ名門であることが、生得の古傷であり、負目であったのかも知れない。

ことさらに紅燈淪落と頽廃に身を置くことにより、名門という〝紋章〟に迷いつづけ懺悔しきれぬ余情が、流離癖を生み転々漂泊して世を過ごさねばならなかったのか。彼のもった負い目の重さを思うべきかも知れない。

(十一) 余聞

① ゴンドラの唄

この唄は大正四年に発表され、巷間吉井勇の作詞、中山晋平の作曲とされているが、筆者は勇の作品の中にこの詩を見付けることはなかった。正確なところを知りたいと思って居る。

② 竹久夢二

勇の歌集のいくつかは、その表紙絵に夢二の描いたものがある。勇と夢二はよく似たところがあり、夢二は勇より七才年上だが年代も近い。若い頃から女性遍歴を繰り返したことも共通している。晩年二人は親しく往き来しており、加賀や伊香保にも一緒に遊んでいる。

夢二は画ばかりではなく「宵待草」をはじめとし、詩や童謡を書き俳句や和歌も詠んだ。

彼の詩画集は「三行分ち書き」を基本としている。彼の歌は啄木の形式と勇の情感を掛け合せたような味わいを持つと言われる。

夢二の詠んだ和歌を挙げる。

- 九十九里月見草さく浜づたいものおもふ子はおくれがちにて
- 黒髪の匂ほのかに身はうつつシネヤの花べコニヤの花
- なやましく夜の露台に身をなげて今宵かも待つ夏は来にけり

これらの歌は勇の大正期の歌集のどこに載せられても違和感はない。要するに二人の間には共通の感性、抒情性が流れていたのだろうか。しかも夢二のあの独特な感傷的で哀愁を帯びた美少女の画に潜ませた何かが。

③ 私の履歴書

勇は昭和三十二年四月分の日本経済新聞「私の履歴書」に連載している。このことは勇と筆者の世代の近さを実感させたことでもあるが、筆者自身この頃の日経新聞を購読していたけれど目に触れた記憶はない。

勇はこの中で社会、読者に正面から向い、淡々と自からの人生を回顧している。

短歌のみならず与謝野寛をはじめとする文人らとの交流や戯曲、劇作に関する記述も多い。しかし自からの出自にまつわる家系、結婚等については極めて控え目に記している。

昭和二十三年に昭和天皇に拝謁し、後に芸術院会員に列せられたことについては、「私の起伏の多かった人生行路にもようやく明るい光明が射しはじめてきた」と記している。

しかしその終章では、「実をいうと私は文壇や歌壇の現状に絶望しているので、何を読んでもおもしろくなく、何を書こうという気にもならない。しかしこれからはもし何を書くにしても、長さや時に制限されるようなものでなく。すべて気まかせ、筆まかせ、心のゆくままなものを書くことにしたい。せっかく七十年の歳月をこうして生きてきたのだから、無理をしないで身をいたわり、もうしばらく世のなりゆきを見たいと思っている」と結んでいる。

勇はこの三年の後に他界している。「私の履歴書」のこのくだりは勇の世間に残した遺書なのかも知れないと筆者は想いを巡らせている。

おわりに

本稿は吉井勇の評伝と称するには余りにも粗略に過ぎ、彼の厖大《ぼうだい》な著作の一部分、然も短歌についてのみ描き出してみたが、勇の全体像に繋げることはとても無理であった。

筆者は勇の生き様と歌に対する共感と敬愛を何らかの形で記述したかったのである。

簡略と言えば聞こえは良いが、このような中途半端な論考の中に勇の全体像を押しこめようとした、筆者の無謀さ、未熟さの故と受けとめて頂ければ幸いである。

参考とした図書

吉井勇全集　番町書房
現代日本文学大系（25）　筑摩書房
日本の詩歌　中央公論
吉井勇　小高根二郎　沖積舎
私の履歴書（8）　日本経済新聞
短歌研究（月刊）　短歌研究社

（二〇一一年十一月）

歌舞伎の中の和歌——余聞

源平合戦と武士《もののふ》の歌

（一）

筆者は歌舞伎に詳しい訳ではない。寧ろ興味を持ったのは最近で、いわば晩学である。

従って歌舞伎を論ずることは出来ないし、またその意思もない。

この古典芸能に語られる数少ない和歌と、それに類する詩歌に出会ったのを奇貨として、いそいそとこの散文を認《したた》めている。

（二）

「一谷嫩《ふたば》軍記」は文楽と歌舞伎の演目として歌舞伎通には衆知のところである。

筆者はこの舞台を三月国立劇場で観た。これは平忠度が平家敗勢の都落ちに際し、和歌の師である藤原俊成を訪ねるくだりである。

勿論、本説は平家物語であるが、歌舞伎は江戸時代に並木宗輔により書かれたもので、結末などは可成り脚色された筋書きになっている。

従って、こゝでは本説である平家物語（平曲）の筋書で話を進める。薩摩守忠度は、輩下の武者ら六騎を従え、五条の三位藤原俊成の宿所を訪ねたが、門戸は閉じられ、忠度が名乗ると、落人が帰り来たと宿所は身構えるが、忠度は大声で「他意はなく俊成に頼みがあるので、門は開かずとも際まで寄って聞いて欲しい」旨伝え、俊成は門を開きしばし対面した。

忠度の依頼は、自からの命運はすでに盡きたが、最後に師俊成が撰進するであろう勅撰集に生涯の名譽のために、一首たりとも入集の恩顧を願うとして、自作の百首余を記した一巻を俊成に差し出したと言う。

俊成は、涙ながらにこれを受け取り、忠度らの去るのを見送ったとある。

その後世が平静となり、俊成は「千載集」を撰出するが、その際忠度作の「故郷の花」と題した一首を入れた。

●さざ波や志賀の都は荒れにしを昔ながらの山桜かな

これは既に朝敵となった平家一門の故に「読人知らず」

としての入集であった。

忠度は、都落ちの後、一谷の戦いで、源氏の岡部六弥太に組み敷かれ、首を切られたが、あっぱれ平家の公達の名はと、箙《そびら》を探したところ次の一首が出て来たと言う。

●ゆきくれて木のしたかげを宿とせば花やこよひのあるじならまし

これは前もって覚悟のほどを詠み、箙の中に潜めておいた歌であったのだろう。

武士《もののふ》の歌としては、この時代の少し後に実朝のそれがあるが、筆者は源平合戦のような戦場での起き臥しを詠んだ歌に惹かれる。

生死のはざまで、敵を慮り乍ら武士の面目を貫く生きざまに、哀切と無常観を感じるからであろうか。

忠度の作ではないが、同時代の作として千載集に収められている平家武士の歌を二首挙げる

●いかにせむ御垣《みかき》が原に摘む芹のねのみ泣けども知る人ぞなき

読み人知らず（忠度の兄の経盛の作らしいと言われている）。

●かくばかり憂き世の末にいかにして春は桜のなほ匂ふらん

読み人知らず

「千載集は平家の歌人たちの天皇の治めるこの国の歴史や文化に対する思いを掬い取ろうとした」（渡部泰明・東大教授）。

（三）

舞台を換える。明治期の尋常小学校唱歌「青葉の笛」を見たい。

一番は、「一の谷の戦やぶれ　討たれし平家の公達あわれ　あかつき寒を須磨の嵐に　聞こえしはこれか青葉の笛」

これは平敦盛（清盛の弟経盛の末子）が、源氏の武将熊谷直実に討たれたくだりが哀切極まる読み口で唱われたものである。

二番は、「更くる夜半に　門をたたき　わが師に托せし　言の葉あわれ　いまわの際まで　持ちし箙に残れるは　花や今宵のうた」

一、二番とも前述の歌舞伎「一谷嫩軍記」の演目であるが、明治期以降小学唱歌として唱われて来た所以は、国民的共感をもつ筋書きからも理解出来る。

筆者は歌舞伎における役者の役廻り、系譜、更には作者による脚色等には触れない。

あくまでも史実に近いと思われる筋立てを追いこの時代の武士の生きざまと心情に近づこうとしたのがこの小論である。

余聞としては聊か長くなったが、今後も古典芸能に係る詩歌があれば採り上げてみたい。

（完）

詠み継がれる短歌

韓国の歌人《うたびと》――母から娘へ

（一）

筆者は、さきに「韓国の歌人―孫戸妍」の表題で小論を「まんじ一〇〇号記念―平成一八年五月」に載せている。

これは、本稿で謂う「母」である孫戸妍の韓国唯一の歌人で、その経歴が日本に深い関わりのある人物としての評伝である。

孫さんは、六十余年の生涯を朝鮮半島の歴史に翻弄され乍ら、日本でそして韓国で短歌を詠み続けて来た。

筆者が孫さんの存在を知ったのは、「まんじ」主宰の三戸岡道夫氏が、孫さんと旧知で日本留学中の同級生である、同人の勝山道子さんから受け取った孫さんの歌集「無窮花《むくげ》」を筆者にお送り下さったことによる。

この歌人とその作品につき評論にまとめてみては如何かとのお勧めであった。

他方、筆者が文芸の面で知遇を得た、ドキュメンタリー作家の北出明氏が「風雪の歌人孫戸妍の半世紀」を上梓した。この著書の反響は大きく、二〇〇三年孫さん他界後もドキュメンタリー映画の試写会や偲ぶ会が東京で催されている。

このあたりの事情を背景にまとめたのが冒頭に記した拙作である。

（二）

本稿で謂う「娘」は孫さんの長女である「李承信《イスンシン》」のことである。

李さんは、韓国で詩人、随筆家、翻訳家として活躍しており、傍ら「孫戸妍短歌研究所」理事長として母の顕彰と自からの創作の拠りどころとしている。

李さんは、二〇一一年九月に「花だけの春などあろうはずもなし――短歌で綴る日本人への手紙」と題する著書を韓国で出版した。

これは自作の詩一九二篇を日本語の短歌に訳し、韓国語と日本語の対訳形式で記されている。この著書が今回も勝山さんと三戸岡氏を経て筆者のもとに届いた。

本書の出版に先立ち李さんは、日本で三月十一日に東北地方を襲った未曽有の災害を悲しみ、日本に対する労りの詩（短歌）八十五首を詠み、そのことが被災直後に朝日新聞と韓国の中央日報に同時に紹介され反響を呼んだ。

　これらの短歌は後日著書に収められたが、全作品の中から十首を挙げる。

●花だけの春などあろうはずもなし春の来たらぬ冬もまたなし

●この廃墟にもう花などと思いしが君に心あり花は咲くなり

●痛がるな人生というその傷を人類が君に癒されている

●今日吾は宮城《みやぎ》の君に思い馳せ空で悲しむ母をも思う

●荒涼の家族と家が消えた場に静かな涙で立ちつくす君

●大難に謙虚に並ぶその列に切実な祈り我らへの教示

●日本の配慮と忍耐危機の中さらに際立つ精神の美

●怖きもの見える津波より怖きものこの世を打ち消す心の津波

●優しくてものくれたがる日本の友達《チング》今は私が与うべきとき

●孤独なる短歌の道をゆきし母その一行詩に感激せし君

　李さんが、母孫戸姸の日本における師としてまた「天皇の文学の師」として尊敬する中西進（奈良万葉文化館長）は、歌集から後記の二首を引用し「隣国が蒙った災害であるにもかかわらず、こうして悲しみを詠む彼女に私は深く感動し、その愛に尊敬の念を強く抱いた。国境をこえて心を結ばせる詩の力を大きく感じた。日本人として私は李承信さんに言おう〝ありがとう〟」と結んでいる。

●母逝きて初めてこぼれ出た真情心通う路一行の詩

●どこへ行くどこへ逃げ出すこの星は津波に地震地雷に戦争

（三）

　筆者が興味を持つのは、韓国語で書かれた短詩が、詩人とその知人たちにより日本の短歌に翻訳されたことである。

　韓国語は筆者には理解の外であるが、作品は何れも短詩であり、テーマらしき語句を先頭に三行の短文が綴られていて、意訳を含め短歌の三十一文字の定形と韻律に合せたものと理解する。

　短歌は、文語と口語を併用しており、やゝ説明調で硬さを感じさせるが、事実と正面から向き合っており具体的で分り易い。

　短歌に訳す苦労が見えがくれする反面、作者の主張が、詠もうとする趣旨が強く伝わってくる。

　この点につき、まんじ同人で韓国慶尚大学の客員教授をされ、同国の言語と文化に通じている新井宏氏は次のような感想を寄せて呉れた。

「全体を通し複数の人の翻訳と思うが、日本語への誤訳は気付かなかった。対訳は原詩に忠実であろうとする余りか、やゝ理屈っぽく硬い感じのものもあったが、一方に別の詩と云っても良い程洗練された〝日本の短歌〟となっているものも多くあった。とくに震災関連のものは韓国語の詩としても良いと思えるものも多くあった」

(四)

李承信さんとは、母孫戸妍の出版記念会で目に留めたが、会話を交すことはなかった。その時は母が主役であったため目立つことは無かったが、妙齢の美しい婦人との印象であった。

本稿は、三・一一の被災に寄せられた李さんの短歌とその背景についての説明が多くなり、標題に掲げた本来的なテーマから離れた憾みはあるものの、一連の短歌と周辺の解説を通じ〝母から娘へ〟の主旨はある程度貫けたものと思い御理解を請う次第である。

(完)

(二〇一二年五月)

城崎温泉にて

(一)

二十四年四月、桜の名所として名高い、大阪造幣局の通り抜けを見に行った。

大阪城公園の近くに宿をとり、地下鉄と環状線で久し振りの大阪をひと廻りするなどして半日を遊んだ。

大阪を離れ、次は桜前線を意識した訳ではないが、未だ見ぬ城崎温泉に足が向った。

大阪からは、JR特急「こうのとり」で停車駅のある城崎温泉に着く。

(二)

城崎町は、二〇〇五年に行われた、周辺の小さな市町村の合併で豊岡市の一部となっているが、所謂市街地とはほど遠い、ゆったりとした昔ながらの温泉街であった。

筆者は、街のほゞ中央にある「西村屋」という温泉旅館に泊った。宿の前を流れる大谿《おおたに》川の両岸の桜が満開で、計らずも大阪に続きもう一度花見の風情を味わうことになった。

観光案内めくが、城崎温泉は四季折々の自然に恵まれた風景と無色透明ないで湯が調和した街で、古来文人墨客が多数来遊している。

(三)

城崎温泉には文学碑が多くある。観光協会が出している案内によれば、文学碑とそれに準ずるものは三十余を数えるとあるが、筆者が自分の足で確めたもの数件を関心の赴くままに記してみたい。

(1) 志賀直哉

短篇「城崎にて」が著名である。大正二年直哉三十才の折、東京で電車にはねられ、治療退院後当地に来て、三週間程「三木屋」という湯宿に滞在した。

彼の当時の人生観や死生観を映した内容と言われている。また長編「暗夜行路」にも街の情況を書いた一節がある。

文学碑の建立を嫌った彼の唯一の自筆文学碑が昭和三十九年に文芸会館前に建てられた。彼の城崎への特段の愛着を示すものであろう。

(2) 吉井勇

筆者が愛惜をもつ歌人の一人であるが、勇がこの地に足を留めたことは知らなかった。

当地を代表する古い「まんだら湯」を詠んでいる。さすらいの途次昭和八年「ゆとりや旅館」に泊まる。

「曼陀湯の名さえかしこしありがたき佛の慈悲に浴《あ》むとおもへば」。他に一首を挙げる。

「城崎の湯に浴《あ》むときはうつし世の愁ひかなしみすべて忘するる」。

(3) 与謝野寛、晶子

昭和五年二人は山陰地方を旅し城崎温泉に泊まる。外湯「一の湯」に二人の自筆の歌碑がある。

「ひと夜のみねて城の崎の湯の香にも清くほのかに染むこころかな」　寛

「日没を円山川に見てもなお夜明めきたり城の崎くれば」　晶子

(4) 島崎藤村

藤村は、昭和二年大阪朝日新聞の依頼で、城崎から津和野までの紀行文「山陰土産」を連載している。

JR城崎温泉駅の前に藤村碑があり、「山陰土産・大阪より城崎へ――と刻まれている。

(5) 吉田兼好

「花のさかり但馬の湯より帰る道にて雨にあひて」の詞書きで次の歌碑が大師山ロープウエー山上駅の北側に建っている。

「しほらしよ山わけ衣春雨に雫も花も匂ふたもとは」

(6) 司馬遼太郎

「わが城崎」という随筆によれば、司馬は当地に三度来ている。彼独特の風土性探究と、作品に出る人物の資料を集めるためだと思う。

例えば、「竜馬がゆく」の長州藩士桂小五郎の現地での行動を把握するためのように。

小五郎が匿われていた「松本屋」(現在はつたや旅館)前には、小五郎のことを簡潔に記した自筆の碑がある。

(7) 柳田国男

明治四十七年の紀行文「北国紀行」によれば、四・五日間にわたり、志賀直哉と同じ「三木屋」に逗留し、数軒の湯を巡っている。

「三木屋という昔風の湯宿あり、庭古く相対して山あり」と記している。

(8) 有島武郎

大正十二年四月、鳥取での講演をすませ砂丘を見た後城崎に寄り、「油筒屋」に三日宿泊した。歌碑は温泉寺薬師堂前にある。

「浜城の遠き砂丘の中にして侘しき我を見出でつるかな」と詠んでいるが、彼は帰京して一ヵ月後に軽井沢で情死する。鳥取と城崎滞在中に死を決意していたのかも知れないと言われている。
他に中世、近世の文学として、例えば和歌では藤原兼輔（古今集収）、沢庵和尚、俳句では松尾芭蕉、宗祇法師、紀行文では横井金谷など文人の足跡は枚挙にいとまがないが、知識と見識のない筆者には記述を憚られる。
因みに現存する身近かな歌人、俳人の作品を挙げてみよう。馬場あき子

「来日山雪靄《もや》たてではれゆけばああふるさとの春の存在」
「円山川霧立ちわたり水鴨《みかも》らの声に恋ふるとふるさとと呼ぶ」
稲畑汀子
「城崎に来て春少しあともどり」
「春寒の寝る前に又温泉《ゆ》に入りて」

（完）

（二〇一二年八月）

『流水(何処え)』第47回 元陽展　永井 寿美子

新聞歌壇を賑わした異形の歌人二人

――米国の囚徒とホームレス

郷隼人

（一）はじめに

本稿で言う新聞歌壇は朝日新聞の読者投稿歌壇である。

新聞歌壇の特徴としては、所謂専門歌人が選者となり、原則として毎週読者の投稿した短歌を選別し、入選作として紙上に発表するものである。単独または複数の選者が夫々に選を入れ時には選が重複（共選）する場合もある。

投稿者は素人の歌人で、入選の確率は数百分の一とも言われ厳選とのことである。

入選作は、社会、人生、その他背景となったテーマを詠んでおり、技巧面は兎も角問題点を的確に抱えている等優れた点を評価したものなのだろう。

筆者も初学の時期に何首か入選した経緯があるが最近は投稿していない。

新聞歌壇の行き方として、その時々の社会的話題に添ったものや、敢えて年少者の作品を採り上げるなど、世相に迎合する向きもあるのではないかと邪推する人も居る。

その辺の議論はさておき本稿で紹介する二人の歌人はその投稿のパターンや作者の人物像も謎めいておりその歌も内容的に異彩を放っている。異色と言う表現ではアクセントが乏しく、まして異端のパターンではない。敢えて異形と呼んだ所以である。

二人の短歌は本来的な和歌の流儀を汲むものではなく、現代短歌の中でも極めて平易で分り易く所謂格式や形態に捉われていない。

寧ろ話し言葉を短歌のリズムに合せるのが精一杯であり、短文のストーリーとして受け入れ易い。然しその内容が己の身辺を鋭く、的確に伝えているのが特色であろう。

郷隼人は、米国カリフォルニア州にある「ソルダット」プリズンに収監されている終身刑の囚徒である。

一九八四年から収監された彼の歌人としての原点は一九八八年にロスの日系紙に投稿したのが始まりで、その後選者が朝日歌壇に投稿を勧めたのがスタートと言う。

鹿児島県出身で、若くして渡米、殺人事件を犯し一九八四年から終身刑で服役中、独学で短歌を学び所内から投稿を続け、数多くの作品が朝日歌壇に入選している。

郷隼人は勿論ペンネームであり、日本の関係者で彼の素顔はおろか写真、映像に接した者は居ないだろう。

彼は絵やイラストを描くのが得意で、色鉛筆で肖像、花、鳥、グッピーなど多くの絵を描いている。

話題があと先になったが彼の短歌を集成した「郷隼人歌文集」—幻冬舎刊、には短歌やエッセイの他にこれらの写生などの作品が収められている。

彼は、殺人という罪を犯したと言う。その間の事情は審らかでないが、日本では終身刑はなく、死刑の次の重刑は無期懲役であり、この場合は刑期を早目に終えて釈放されるケースが多いのは周知のことである。米国の場合は「終身」は字義通りであり、出獄と言うことは稀と聞く。そのかわり日本ではあり得ない自由が与えられているらしい。

独房で熱帯魚を飼ったり、散歩して身近かな鳥や花を写生したり、彼のように短歌を作り投稿するなど、独房でのテレビは知らず、外界・ニュースに接する自由もあるらしい。

郷の生い立ちは、先述のように鹿児島出身という以外は詳しく知るべくもないが、日本に残した母を偲んだ歌がある(母の生死は不明)

●老い母が独力で書きし封筒の歪んだ英字に感極まりぬ

●母さんに「直ぐ帰るから待ってて」と告げて渡米し三十年経ちぬ

●「生きていればいつか逢える」と我が出所信ずる母が不憫でならぬ

余聞となるが、当時歌壇の選者であった歌人の故島田修二氏から、カルチャーの場で聞いた話がある。彼のファン達が署名を集めて米国の裁判所に減刑の陳情をしたが、被害者の家族の心情を汲んで容れられなかったとのことである。

彼自身の作歌に絡め詠んだ歌がある。

●一瞬に人を殺めた罪の手とうた詠むペンを持つ手は同じ

●人間性失いがちな獄中に磁針の如き短歌の役目

●味気なき獄中ランチのサンドイッチを食めば恋しいラーメンライス

望郷の歌も多い

●あの山の向うに太平洋がある夕陽の彼方に日本が在

る
●我が歌を読みて下さる人々が祖国《くに》におわすと想えば温《ぬく》し
●ジャンボ機が真綿を曳いて通り過ぐ西に迎えば乗りてゆきたし
最近の日本人の情報に因んだ歌もある。
●日本人でイチローの試合《ゲーム》を視ていないのは僕だけではないだろうか
●「ＩＣＨＩＲＯ―」と囚人仲間に呼ばるればまんざら悪い気はせぬぞ俺は
この刑務所の囚徒らもテレビによるのかは兎も角イチローを知る機会があるのだろう。

また彼の母からの便りで、若い時の彼がイチローとそっくりで母もイチローと息子を重ね合せている旨が書かれていたと記している。彼の風貌を想像するよすがとなろうか。

郷隼人は今も生存しており、米国加州のソルダットプリズンから朝日歌壇に投稿を続けている。
●段ボール紙を団扇代りに涼をとる百十二度と灼ける獄舎に（十三年七月）
●万葉の（台湾歌壇）を読み直す日本人以上の日本語悲し（十三年七月）
●独房に会話無き身の寂しさよそのつれづれに我歌詠まむ（十三年八月）

監獄の残酷さを伝える歌もある。
●囚人のひとり飛び降り自殺せし夜に「ＦＲＥＥ　ＡＳ　Ａ　ＢＩＲＤ」ビートルズは唱う
●囚人の撲殺されし午後に受くる全裸検査の屈辱感よ
●血塗れの囚徒を担架に乗せ走る静寂《しじま》の中のガードの鍵の音
●異常なる静けさの中笑う声する刺殺事件の夜
欲望に苦しむ歌もある。
●煩わす「性」への煩悩絶ち難し収監十五年目のいまなお
●蠱惑《こわく》する女体の如き雛罌粟《ひなげし》の蕾に見とれる刑庭の午後
●人間の欲望の多きを改めて思い知らさる服役期間
もうひとつ不確かな情報だが郷にはアメリカで生れの一人娘が居るという。一度も会ったことはないがどんな娘に成長したか、会いたくなることもあるが、彼女のためにも合わない方が良いと語っているそうである。
●十三年会ったことなき我が娘の幸福《しあわせ》祈《こ》る獄中チャペルに
刑務所には次の警告板が「ＷＡＲＮＩＮＧ」と題し囚徒全員の目に入る場所に掲示されている。

「当施設の敷地内または近くに着陸したいかなる航空機（ヘリコプター、セスナーなども）に向っていく収容者に対し当局のガードは脱獄を阻止するために撃《う》つ」

●「脱獄を試みたら撃つ」という警告板にスズメら憩う

著書一冊あり。彼の短歌を収録し幻冬舎が出版した、郷隼人歌文集「LONESOME隼人」の印税は彼の犯した罪の償いとして「あしなが育英会」とロスのリトルトーキョーにある「日系ヘルプライン」に寄付すると記している。

(三) ホームレス歌人

新聞歌壇でホームレスを標榜する公田耕一はホームレスなので居所は分らない。氏名はペンネームであろうが実物としての公田に会った人はない。

新聞歌壇において自己を主張し世間に向って語り掛けて居る。俗っぽく言えば透明人間のような存在である。

考えようによっては、そこそこの歌人が覆面で短歌を発表しているのかも知れずその実像は今だに杳として把めていない。

朝日歌壇に投稿された彼の歌は選外を含め三十六首あるが数首挙げる。

●百均の「赤いきつね」と迷いつつ月曜だけ買う朝日新聞

●七分の至福の時間寒き日はコインシャワーを一身に浴ぶ

●親不孝通りと言えど親もなく親にもなれずただ立ち尽す

●「柔かい時計」を持ちて炊き出しのカレーの列に二時間並ぶ

一首目、百円ショップでのインスタントうどん「赤いきつね」を諦めて、歌壇のある月曜日だけ朝日新聞を買うとのことである。

四首目、「柔かい時計」はスペインの画家ダリの代表作(記憶の固執)のモチーフである。

新聞歌壇の入選者は通例ルールとして居住地と氏名を添えるのであるが彼の場合は特例として(ホームレス)となっている。

朝日新聞は紙面でささやかな掲載謝礼を渡したいと居住場所を知らせるように問い掛けたが無駄であったと言う。

●ホームレス歌人の記事を他人事《ひとごと》のように読めども涙零《こぼ》しぬ

前半(一)で紹介した郷隼人が同時期に朝日歌壇の常連であったが、こんな歌を寄せている。

●囚人の己が(ホームレス公田)を想いつつ食むHOT MEALを

その横に並び公田の歌があった。

●温かき缶コーヒを抱きて寝て覚めれば冷えしコーヒー啜る

アメリカの囚人と日本のホームレス歌人が同じ新聞歌壇で奇しくも繋がった瞬間であったのか。

九年九月七日掲載された次の歌を最後に公田は朝日歌壇から消えた。

●瓢箪の鉢植えを売る店先に軽風立てば瓢箪揺れる

掲示はしなかったが、彼の作品には歌人塚本邦雄に因んだ作品や、シャンソン歌手ジュリエット、グレコを詠んだものもある。関係者によれば「長く短歌を作り続け、教養もあり何らかの事情で〝寿町〟界隈の住民となり自分のことを知られたくない人物」との見方がある。

公田の作品から、彼の生活圏として横浜の〝寿町〟近辺が浮び上ってくる。筆者も永年横浜に住んでいるが、JR石川町からほど近い東西三百米南北二百米ほどの狭い土地に百軒以上の簡易宿泊所が立ち並び約七千が生活していると言う。近くを通ると一程異様な空気が漂っていると筆者も思う。

住人の就労斡旋などをする機関の担当者によれば、この地区には建設労働者ばかりでなく、例えばフランス語をすらすら話す人、東大を出た人、元教師、絵描き等もう一人の公田は沢山居ると述懐している。

先述の如く公田は遂にその実像を現わすことなく歌壇から消えた。作歌して投稿する意思を失ったか、或いは何らかの事情でそれが出来なくなったかは判らない。

この幻の歌人のその後の出現や、その実像を追おうとする動きもないようだ。幻の歌人は幻のまゝ新聞歌壇から消えたことになる。

この世界ではあり得ないミステリアスな話題を残して。

以上

参考とした図書

郷隼人歌文集　ローンサム・ハヤト　幻冬舎

ホームレス歌人のいた冬　三島喬　東海教育研究所

（二〇一三年十一月）

若山牧水　寸評

——沼津千本松原、富士山、旅と紀行、そして酒——

歌人若山牧水を知らぬ人は居ない。その作った和歌とともに、まさしく「人口に膾炙《かいしゃ》」という修辞があてはまる。

その作品は、小中学校の教科書から、所謂専問歌人、国文学者らの評伝、解説も枚挙にいとまがない。

かゝる背景において、市井の歌人に過ぎない筆者が敢えて何かを書こうと発意したのは、最近機会を得て、沼津市在の千本松原を訪ね、その周辺を歩き、自分なりに未知の牧水像を発見したしたことにある。以下に動意を得たテーマの幾つかにつき記してみた。

一　沼津千本松原

牧水が田園生活を考え、移住先としたのは、海岸に沿い美しい松原があり、富士山を朝夕眺められる風光明媚な沼津であった。

牧水は千本松原を日本一の松原と称え、多くの歌を詠んだ。

沼津を永住の地と定めた牧水は、大正九年八月松原の一角に約百坪の住居を建て、昭和三年この地で歿した。四十三才の若さであった。急性腸胃炎兼肝硬変の病名が残されて、沼津市浜通りの「千本松乗運寺」の墓地に眠っている。

和歌以外に沼津に因んだ随筆七篇、紀行文四篇、童謡三篇が残されている。

千本松原の歌碑は歿後一年で建てられた全国で最初のもので「幾山河越えさりゆかば寂しさのはてなむ国ぞけふも旅ゆく」富士の裾野から運ばれた一五トンの自然石に刻まれたものとされている。

千本松原の由来については、ほゞ二七〇年前乗運寺の僧、増誉上人が相模の北条、甲斐の武田の戦いで松原が一本残らず伐り払われ荒野となったのを嘆き、自から植樹に着手し、一本植えるごとに阿弥陀経を誦し一千本を植えつけたものと、牧水自身が松原を称える文章の中で記している。この中では、松原の保護に係わり、静岡県に対する沼津住民の反対運動に賛同し、私人としての声明を出すなど、現代版エコロジーとも言えるエピソードが盛り込まれている。

松原を詠んだ二首

○松原のなかゆく道のいつか曲り海辺に出でて富士の山見ゆ

○日に三度来り来飽かぬ松原の松のすがたの静かなるかも

なお、沼津から富士山を詠んだ短歌は「若山牧水歌集」収録で百三十首と称されている。

二　随筆、紀行文、童謡

牧水の随筆や旅と酒に因む紀行文については、筆者は殆んど識らなかった。

随筆七篇につき標題のみを列挙する。

「香貫山」、「村住居の秋」、「土を愛する村」、「発動機船の音」、「四辺の山より富士を仰ぐ記」、「駿河一帯の風光」、「自然の息自然の声」。

紀行文としては四篇

「伊豆紀行」、「富士裾野の三日」、「箱根と富士」、「大野原の夏草」。

童謡については、筆者はその存在すら知らず不明であったが、三篇を挙げる。これについては意外性もあるので、紙巾が許すものとして全文を記することにする。

「富士の笠」

富士が笠かぶった／饅頭笠かぶった／雲の笠かぶった／富士が笠かぶりや伊豆の沖から降り始め／駿河の浜辺を降りかすめ／相模の国に降りぬけて／甲斐の山々降りつぶす／大雨小雨／土砂降り小降り／富士が笠かぶった／

「富士の初雪」

糸まきの糸がほぐれて／しらじらと／富士のお山にかかった／白糸の富士の初雪／てっぺんに／もつれもつれかかった／

「子守唄」

松の木十本二十本／百本千本一万本／ぽんぽんあがる揚花火／あがってはじけて下り竜／竜のゐるのは富士の山／富士の山から下見れば／田子の松原三保の松／松の木十本二十本／百本千本一万本／ぼんぼん叱って下さるな／

童謡と子守唄については、音調や節回しにつき筆者は資料を持ち合せなく、また区切りについても正確ではない。

三　人物を描く

牧水の旅姿はいくつかの写真により承知する向きもあ

ろうが、大きな帽子と外套、それから下は和服に尻をからげて脚絆と草鞋、杖代わりにこうもり傘、そして肩から下げた頭陀袋という装備であった。

その風貌は丸坊主で、目はやさしく世間でいう良い人、善人であり乍らどこか知性と寂寥感を漂わせていたものと推察する。

宿に着くと先づ生卵と酒を所望し、身分を明さず宿帳には「若山繁」と書き、風体からみて粗末な扱いを受けても怒りもせず淡々と旅を続けた様子が描かれている。

牧水は散文には、所謂情緒的なものは書かず、それは叙情歌にまかせ、散文はあくまでも記録者の目で、現代で云うルポルタージュのスタイルであった。例えば大正十二年の関東大震災の記録を自から出している雑誌「創作」の十月号に「大震災大火記念号」として記載している。これは沼津の「牧水記念館」で閲覧した。

四　妻そして相聞

牧水の家族について、両親以前につき年譜を辿るいとまはない。明治四十五年（一九十二）妻太田喜志子と結婚、その後長男旅人、長女みさき、次女真木子、次男富士人と四子を設けている。

妻喜志子は牧水の最大の理解者であったとされており、彼女もまた歌人であった。

彼女は酒は嗜まなかったが、やはり寂寥や憂愁を解し、夫の行動、例えば旅に駆られる思い、酒をこよなく愛する慣いを良く理解していたものと思料される。

夫人の歌集「筑摩野」には次の歌がある。

○何かしらねど寂しげに家を出てゆきし君ゆゑ今日のなやましきことよ

○酔へばとて酔ふほど君のさびしきに底ひも知らずわがまどふかな

反対に牧水が夫人を詠んだ二首

○をとめ子のかなしき心持つ妻を四人子の母とおもうかなしさ

○人妻のはしきを見ればときめきておもひは走る留守居する妻

翻って牧水の恋については、具体的な対象となる女性は必づしも定かではないが、園田小枝子という人妻と五年間恋をし悶々と悩んだと伝えられる。

○ああ接吻《くちづけ》海そのままに日は行かず鳥翔《ま》ひながら死《う》せ果てよいま

○君かりにその黒髪に火の油そそぎてもなほわれを捨てずや

○山奥にひとり獣の死ぬるよりさびしからずや恋終りゆく

五　結び

牧水の短歌の特色は解説不要と云う人もいる。「用語はやさしく修辞も入り組んでいない。素直に読んで心に広がる波紋を楽しめば良い」との表現が正鵠を得ていると云えよう。

市井の名もない歌人であると同時に一介の酒徒を自認する筆者であるが、牧水と云えば酒の歌人と呼ぶ常識に逆うつもりはない。

先述の如く酒の歌以外に随筆、紀行分、童謡が残されていることを知ったのも新しい。

然し童謡は別として、随筆と紀行文には〃酒〃が随所に現われその表現を潤している。

文章は所謂名文、美文ではない。流麗と云うにはほど遠く、むしろ訥訥として極めて具象である。風景の描写も読者が目の前にそれがあるように、人物・動作もその人が見えるところで動いているように映るのである。

要は一切のコメントを排除し、描写そのものがドキュメントとしての性格をもっている、とある評者は述べている。

現代を生きる吾々に通ずる歌人として読者に多様なものを感じさせて呉れているものと認識している。

（二〇一五年八月）

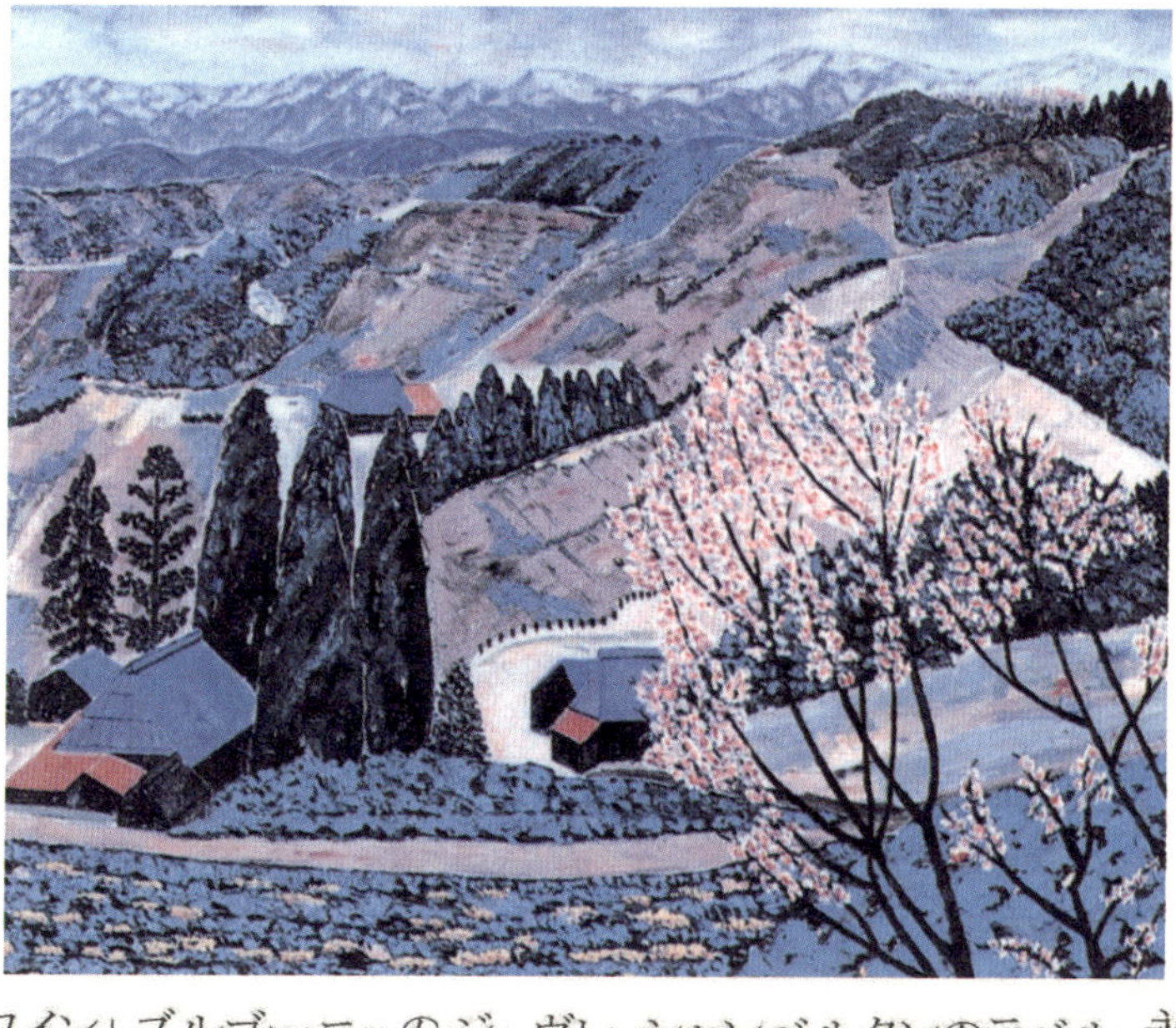

「王のワイン」ブルゴーニュのジュヴレ・シャンベルタンのラベル　永井寿美子

その時代の歌人たち
背景と寸描

〔一〕はじめに

本稿でいう「その時代」とは、戦後間もない一九五〇年頃からの短歌史のなかで、前衛短歌運動の黎明期、いわば夜明前の時期であると思料する。

一八九十年に勃発した「短歌革新運動」によりリニューアルしたのが近代短歌で、与謝野晶子、石川啄木、斎藤茂吉に代表されるものである。この当時の歌壇は未だ近代短歌を引きづり乍ら前衛短歌運動が本格的に始動し、隆盛期を迎えた時期であった。

こゝで云う「歌人たち」は、この時期に短歌史に残る顕著な活動をした人物である。

本稿ではこの短かい時期を概観し、歌人、編集者同士の関係、そして現在に繋がる人的な系譜を探り、概説ではあるが現在を生きる人々の理解を得ようとするものである。

〔二〕掲出歌人

本文での理解を得やすくするために、歌人らをチャート式に表示する。

- 中城ふみ子
  - 川端康成
  - 渡辺淳一
- 中井英夫
  - 「短歌研究」の編集者として多数の歌人を発掘
- 寺山修司
  - 九条今日子
  - 佐佐木幸綱
  - 山田太一
  - 小椋佳

〔三〕歌人について

(1) 寺山修司（一九三五〜一九八三）

青森県弘前生れ、少年期より短歌と俳句に親しみ、早大在学中に「短歌研究」第一回五十首詠特選の中城ふみ子に刺激され、第二回五十首詠に応募「チェーホフ祭」で特選となる。この間に編集者の中井英夫との関連が生ずる。

この「チェーホフ祭」では俳句からの模倣問題が取沙汰され、歌壇を騒がせたと伝えられるが、鮮烈なデビューであったと云う。学生時代は病いと貧困と戦い乍ら、文芸活動を行う。現役の映画監督山田太一との交流する時期もあった。

早大中退後演劇活動で戯曲、脚本、ラジオドラマを作る。この間に九條今日子と結婚、後に離婚した。歌人としては、佐佐木幸綱、谷川俊太郎、岡井隆らとの交流があった。

その後も映画、演劇活動を続けたが、病を多発し、四十七才で死去。青山斉場での葬儀では、谷川俊太郎、中井英夫、山田太一、唐十郎らが弔辞を捧げたと云う。

(2) 中井英夫（一九三五―一九二三）

東大文学部中退「短歌研究」の編集を一任される。その後角川「短歌」編集長として読者短歌の選を担当する。

第一回新人歌人の発掘と育成に盡力し、「短歌研究」募集の「五十首詠」の中で、第一位に中城ふみ子を選び、以降書簡往復が続き、作品と歌集刊行の助言をする。

中城の代表作「乳房喪失」を刊行するが、その過程で中城との交流が続き、乳がんを治療中を入院していた札幌の病院に見舞うなど手厚く付き合っている。この見舞は中城に強く請われたもので彼女の死の直前であった。

中井の主宰する「短歌研究」は当時の新人歌人の登竜門であったことは既述したが第二回の五十首詠には寺山修司の「チェーホフ祭」を特選としたことは前記した。

他に筆者の身近かな存在として、筆者が参加している歌誌「万象」の主宰である安藤昭司らも五十首選入選を機として、綜合誌歌壇へのデビューを果しており、中井の肝煎りによるものと自称している。

(3) 中城ふみ子（一九二二―一九五四）

北海道帯広市生れ、東京家政学院に学ぶ。

中城博と結婚三男一女を設けるが二十八才で離婚、帯広の作家クラブ等で作歌活動をする。帯広の病院で、左乳房単純性癌と診断され、左乳房切除、その後北大病院を経て札幌医大病院に移る。病院から「短歌研究」五十首詠に応募、中井英夫の目に留まり特選となり、中井の支えで第一歌集「乳房喪失」を刊行、間もなく癌は進行し危篤に瀕し、中井の見舞を受けその直後に死去。この間中井に対し、面会を懇願する手紙が何通かある。

「乳房喪失」は末期癌と、今でいう〝不倫〟の歌が多く、それだけで指弾される時代であり、彼女は〝恋多き女性歌人〟と評されたらしい。この間の事情は渡辺淳一の小説「冬の花火」に生々しく描かれている。

別の話題として、自歌集「花の原型」に川端康成が序文を寄せている。これは中城が川端に手紙で寄文を懇願したもので、川端は「未知の人ではあったが心に響いた」と記している。

(4) 九条今日子（一九三五―二〇一五）

松竹歌劇団から映画界へ。一九六二年寺山修司と結婚するが、仕事の都合が折り合わず協議離婚、寺山作品の普及に盡力した。

寺山の歿後彼の母親に請われて養女となり、最終は寺山の義妹となった訳で数奇な運命を辿った女性であった。本名は寺山映子、昨二〇一五年四月（食道静脈瘤破裂）死去。

(5) 渡辺淳一（一九三三―二〇一四）

中城ふみ子の評伝的小説「冬の花火」を著し、彼女の生涯をリアルに描く。

中城が死亡した時渡辺は札幌医大の一年生であったとする。渡辺は中城の歌のことも、恋のことも知らなかったが、後になって、その歌の華やかさと、哀しみと、したたかさを知ったとこの小説の背景を語っている。

余談になるが、筆者も渡辺と同年次の北大の学生で、札幌医大の停留場を過ぎて通学していたので、その当時の佇まいを懐かしく思い出す。

(6) 佐佐木幸綱（一九三八―）

短歌界の代表的歌人である佐佐木幸綱は寺山修司との交流があった。雑誌社が主催する鼎談で寺山と同じく歌人の大岡信と「歌の伝統とは何か」をテーマにして語っている。

寺山との交遊については、寺山は自分と違い酒を飲まないので、演劇等を通し何度も誘って呉れたが、半分も付き合いはなかったと、また新橋の寺山家を訪ね新妻の九条映子のもてなしを受けた事など、寺山の青山斉場での葬儀の思い出とともに述懐している。

(7) 山田太一（一九三四―）

脚本家の山田は寺山と一九五四年早大教育学部入学の

同級生である。

山田は当時を懐かしみ「みずみずしい頃の、飾りない日々がこゝにあります」とコメントしている――――「寺山修司からの手紙」岩波書店刊

(8) 小椋佳（一九四四―）

作詩、作曲家の小椋は学生仲間の付き合いの周辺で寺山と交流があった。

寺山が毎月一度自宅で開いた「寺山サロン」と称する集まりで、小椋は次作の歌を披露し、寺山が作る詩に小椋がメロディーを付するなど濃密な交流があった。

〔四〕おわりに

個々の歌人概説を省りみ、本来なら評伝として一冊の本にもなるものを、このよう縮めて記するのは如何にも難かしく、可成り粗雑なものになったのではないかと懸念する。

人的系譜についても、筆者の未知の事柄も多々あると思う。

全体を通じ、短歌史として、また短歌界につき不適当な記述があったかも知れない。

ほゞ同世代を生きた、市井の一隅の歌人と自任する筆者の独断と未熟さの故としてご容赦頂ければ幸いである。

以上

（二〇一六年五月）

自然派シャンパーニュの代表格
ドラピエのカルト・ドールのラベル　永井寿美子

大岡信「折々のうた」と「台湾万葉集」

（一）「折々のうた」について

詩人で文芸評論家の大岡信の死亡が報ぜられたのは二〇一七年四月五日のことである。

大岡信は文学はじめ音楽、演劇、美術など多彩な分野に評論活動を拡げ文化勲章を受けている。

大岡は朝日新聞のコラムに「折々のうた」を二十八年間連載し、その間採り上げた作品の数は明らかではないが恐らく厖大なものであったと思料される。

（二）台湾の短歌との関り

大岡の台湾の歌人との関りは、彼が朝日新聞の連載コラム「折々のうた」で台湾の歌人たちの短歌を一九九三年五月から六月にかけて集中して採り上げ、十九回にわたりその来歴や作風を紹介した。

その短歌は一九首あり、そのすべてが後日呉建堂（筆名弧蓬万里）の編にかかる「台湾万葉集」に収録されており、これは台湾の歌人たちのアンソロジーとも称されるものである。

本稿では、大岡と「台湾万葉集」の成因との関連を断片的ではあるが、筆者の知り得た範囲で論評する。

「台湾万葉集」の編者呉建堂は一九二六年台北に生まれ、当時の日本の統治下で、台北二中、旧制台北高校を経て、台北帝大医学部で学んだ医師である。

呉が短歌に馴染んだのは、台北高校在学中に当時教授として万葉学を論じていた万葉学者「犬養孝」（戦後大阪大学他）の影響を受けたとされている。

呉は、一九六八年より結社「台湾歌壇」を主宰し、逐次同志を増やし作歌活動を展げ、一九九三年多数の歌人を加え、「台湾万葉集」下巻として全二千首を発表した。参加した歌人七十人につき呉はその生い立ち、経歴、境遇等作歌の背景となった事柄を懇切に愛情に満ちた解説を付している。日本で刊行された「台湾万葉集」がこれである。

㈢　「折々のうた」に採り上げの契機

大岡が台湾版「台湾万葉集」の寄贈を受け、一読してそのユニークな点と面白さに興味を持ち、既に述べた「折々のうた」に十九回にわたりその一部を紹介した。その反響は大きく、後刻刊行したいと、いくつかの出版社から提案があったと云う。集英社からの刊行が実現したのが一九九四年二月のことである。

大岡によれば、「折々のうた」での紹介までに台湾版「台湾万葉集」が日本の短歌関係者に多数寄贈されていたことが判ったが、日本の歌壇の反応は殆んど無かったと云う。

当時の日本の短歌界は、晦渋な歌に陶酔しており、台湾短歌は素朴な写実や生活報告の域を出ないと云うのが大方の見方であったらしい。要するに幼稚、素朴で芸術の域に達しないと云うことだったのであろう。然しそこには偏見と差別意識があったと大岡は云う。

また政治的な思惑も見え隠れする。一九七三年日本は中国の承認に踏み切った背景から台湾との関係で中国に政治的な配慮があったのかも知れない。これは現在でも変わらぬアポリアであろう。

大岡が敢えて採り上げたのは、かかる偏見や差別、政治的配慮に対する批判と文芸評論としての公平性を守ろうとしたのであろう。ここに大岡の評論家としての信念の一端を見る思いがする。

㈣　理解と声援

話題は敷衍するが、美智子皇后の短歌の指導役であった歌人五島美代子に呉も指導を受けたことがあり、呉が剣道の大会に主将として来日した際、来臨された皇后と話す機会を得た。そこでその旨申し上げたことを皇后は強い印象を持たれたのか、後日呉の短歌が「折々のうた」に載った際に皇后が侍従に命じ呉に伝えさせたと云うエピソードがある。

台湾歌人の短歌が世間の理解が深まり、この様なことが無型の応援となったと云うことかも知れない。

大岡の死を契機として、大岡の「折々のうた」と「台湾万葉集」を敢えて結びつかせたい筆者の思いが衝動となり本稿の記述となった。

以下に「折々のうた」コラム欄の代表的なものを例歌として、そのまま掲載した。大岡の解説と併せ味読したい。

文中敬称略

日本人にありしは二十年短歌詠むは
五十年を越す死ぬまで詠まむ
弧蓬万里

『台湾万葉集続編』（平七）所収。二年前に紹介して注目された台湾現代短歌集の続編。「台湾万葉集」は全編これこの歌の作者（本名呉建堂）の編著になる。氏は一九二六年台北生れ。医師で剣道八段。日清戦争後五十年間日本の支配下にあった台湾では、第二次大戦終結時まで徹底した日本語教育が行われ、その結果このような記念碑的な本も生まれ得た。歴史の大いなる皮肉でもある。作者の日本語は歌も散文もみごとの一語に尽きるが、続けて他の作者も紹介する。

吾子は今手術受け居り父われは
医師にしあれど全身震ふ
孤蓬万里

『孤蓬万里半世紀』（平九）所収。上の本は『台湾万葉集』編者として知られる作者の、自作短歌を中核に置いた自叙伝。本業は外科産婦人科の開業医だが、愛児の一人が不運にも重症の小児麻痺となり、その手術の時の歌。夫人も癌を病む。それらの短歌の連鎖によって書かれた上掲の本が、いつか長大な小説の素材の群れとも思えてくる。自他の生活を率直に活写してやまない短歌の勝利だろう。日本ではまだそういう例はない。

クーラーの効きし部屋にて老い二人
手首足首サポーターつけて
江　苑蓮

『台湾万葉集』所収。「つれ添ひて四十余年の頑固なる夫を素材に短歌を詠みたり」という歌が並んでいる。「老い二人」の家業は長年薬局で、子女も医業に関わりが多い。台湾短歌は生活を活写する点で現代日本の短歌よりずっと率直、しかも諧謔に富む作が多い。「『半値にて如何？』と迫る日本人客板につきたるその値切り方」。外国人にこんな短歌を作られては、経済大国の民もどうやら形無し。

友ら云ふ「汝は終生を子供らと
戯れ生くる終身犯」と
高　秀

『台湾万葉集』所収。「結婚を忘れて遂に五十年を学び舎に居て子らと過しぬ」「『他人の子与（預）り教ふるは大ごと』と厳格なる父欠勤許さず」。作者は台湾の国民学校（小学校）で五十年間教員一筋に生きた女性。一九九一年（平三）八十六歳で没。短歌歴二十余年。「そのかみの洟垂れ小僧外国へ留学すると挨拶に来ぬ」。世話好きで勝ち気、県会議員を兼ねたこともあると呉建堂（孤蓬万里）氏執筆の作者略歴にある。

太平洋行きつ戻りつ年経りぬ
　何処や我の終の地ならむ

顔　梅

『台湾万葉集続編』所収。一九〇七年（明四〇）台北生まれの女性。遠祖は孔子の一番弟子顔回だという。たいへんな歴史を負った家の出身である。鉱山王といわれた家に生まれ、日本で女子大にも学んだが、戦前戦後の台湾を翻弄した非情な国際情勢のため、子女は全員アメリカに移住、作者も毎年太平洋を行きつ戻りつした。一見優雅な生活だが、実情は深い孤独の心境。「世代ごと国語の違ふわが家庭歴史のままに断絶に慣る」と詠んだが、一九九三年死去。

裸婦の絵に孫がぽつりと「この人は
　暑がりやなの？風呂上りなの？」

荘　啓東

『台湾万葉集』所収。眼科医。上記歌集には三十四人の作品約千五百首、巻末に「其他大勢」の作約五百首が加わっている。これ以前に『台湾万葉集』に当る集が同じ編者によって二冊出ており、本書は下巻。三冊の総計で約五千首、万葉集より歌数は多い。荘医博は諧謔に富む歌の作者だ。「プロ野球のテレビに見入り五分間を待たせし患者半額にする」「始まりは昔を偲ぶクラス会とどのつまりは孫自慢の会」。日本人との違いと共通性と。

（二〇一七年四月）

あとがき

私は、歌集として平成十五年に『時潮の波に』、同二十年に『行雲流水』を上梓しました。本歌集はそれに次ぐ第三歌集となります。

私が短歌に馴染み作歌を始めてから二十年余り経ちました。その間知人、友人の縁を辿り、いくつかの同人誌や結社等に属し短歌と評論を発表して来ました。

省りみれば、私も齢八十四歳となり、最早余命は長く期待出来ません。そこで前著以降の作品を何らかの形でまとめておこうと、老骨を省りみず今回の出版に踏み切った次第です。

短歌六九五首、評論十三篇の構成となっております。

表題とした「余生淡淡」は、残生をこだわりなく静かに消光したいとの心境を表したつもりです。

今後も細々ながら作歌は続けますが、歌集としての出版はこれで終りとなるでしょう。

最後になりましたが、かねて畏敬する日本文芸者協会理事長の篠弘先生には過ぎた帯文を賜りました。恐懼しつつ、厚く御礼を申し上げます。

また、本書の編集データの作成に御協力いただいたまんじ同人の新井宏氏、出版にあたり何かとお世話になりました砂子屋書房の田村雅之氏にも感謝申し上げます。

二〇一七年五月　横浜市の陋屋にて

著者略歴

昭和八年一月札幌市に生まれる
北海道大学法学部卒業
協和銀行（現りそな銀行）と関連会社に勤務

日本歌人クラブ会員
文芸誌「まんじ」同人
歌誌「万象」同人
学士会短歌会会員

〒二四四―〇八〇一
横浜市戸塚区品濃町五一四―一南の街七―九〇三
TEL・FAX　〇四五―四四三―八二〇六
E-mail: o-ishiguro@msg.biglobe.ne.jp

余生淡淡

二〇一七年九月一日初版発行

著　者　石黒修身

横浜市戸塚区品濃町五一四—一南の街七—九〇三（〒二四四—〇八〇一）

発行者　田村雅之

発行所　砂子屋書房

東京都千代田区内神田三—四—七（〒一〇一—〇〇四七）

電話　〇三—三二五六—四七〇八　振替　〇〇一三〇—二—九七六三一

URL http://www.sunagoya.com

印　刷　長野印刷商工株式会社

製　本　渋谷文泉閣